三日月

三日月

輕世代
FW014
惡作劇戀人 II
夜兒——著
妍希——繪

惡作劇戀人 II

目錄

陳謙宇

姓　名　陳謙宇
暱　稱　宇宇
性　別　男（小豆豆：我小時候一直以為你是女生…lll）
年　齡　16
身　高　175
體　重　64
本　家　陳家大宅
現　居　同上
喜歡的　竹蜻蜓。
討厭的　事情脫出自己掌控
特殊技　一秒理解陳謙禮彆扭什麼
口頭禪　陳謙禮想這樣作，我只是配合行動。

陳謙禮

姓　名　陳謙禮
暱　稱　禮禮、豆豆（陳謙禮：不准叫我這兩個名字！）
性　別　男
年　齡　16
身　高　175
體　重　64
本　家　陳家大宅
現　居　同上
喜歡的　蛋糕上面的草莓
討厭的　被說可愛
特殊技　一秒見笑轉生氣算嗎？
口頭禪　喂，轉學生！

塔米利斯．紳傑爾

姓　名　塔米利斯．紳傑爾
暱　稱　紳
性　別　男
年　齡　目測約 25 左右
身　高　180
體　重　62
本　家　神界．流光域
現　居　陳謙宇體內（？）化身手錶
喜歡的　惹惱梅音
討厭的　想做的事情不能照自己想法走
特殊技　操控時間，擷取特定一段時間的狀態讓它變動
口頭禪　抱歉，我不能說

姬梅音

姓　名　姬梅音
暱　稱　梅音
性　別　女
年　齡　目測 20，實際年齡問了會出人命！
身　高　167
體　重　48
本　家　岐山以南，周原
現　居　天界．流光域／人界
喜歡的　各種花草，越毒越好（？）
討厭的　沒能順利放倒紳那個臭傢伙
特殊技　使用花草製作的藥物救人、下毒不兩誤
口頭禪　「哼」

ch1

伊人共良辰

「哎呀……好啦、好啦！我跟妳道歉就是了！妳可千萬別哭。我就是忘了這兒是東方，不時興這套，一時沒改過來嘛……不過都幾百年了，怎麼還是這麼含蓄呀這邊……」

我嚇出來的眼淚，被梅音美人這段話給驚得又全收了回去。

是說，我還是別深究這個幾百年跟她的年紀好了，感覺很可怕。

「欸——快點放開我家小豆豆。」爵勾了勾手指。

我眼前一花，還沒能反應就被強制性後退撞進他的懷抱裡。

「喂、喂，誰是你家的小豆豆？」爵的說法，讓我嚇得嘴巴大張。

這豬頭在自己的新娘面前這樣說，是找死還是找抽啊！

「我跟妳住一起，妳不是我家的是什麼？」

某人應得是理直氣壯。

我這個房屋所有人反而蔫了。

「嘖——這麼計較幹什麼？都不知道捨不得孩子套不著狼的道理嗎？」

梅音看了看爵緊摟著的我，眨了眨眼。

我忍不住抖了下，啊不然……你們是想捨什麼又套什麼啊？

「吵死了。」頭上響起爵悶悶的回應，很難得地語氣偏弱，而且每次強制我動作的壓迫感減輕了很多。

梅音的視線，細細地在我跟爵身上駐留許久，莞爾一笑，「懶得跟你多扯，你們先在這兒待著，我有客人了。」

沒等我們反應，她直接就越過我們掀開布幔出去了。

布幔——

「等等！我們什麼時候進來這兒的？」

「剛剛妳被梅音親了下差點尖叫出來時，她就把我們帶進來了。」

梅音出去後，爵就放開抓著我的手，當然沒例外地直接聽了我的心聲，解答了我的疑惑。

我頓了頓，決定還是不要去管到底怎麼進來這回事好了，轉而觀察起這個外表不怎樣但裡面別有洞天的帳篷裡間。

「對了，你拉我來跟她見面要幹嘛？」忽然想到這個疑點，我隨口就問了。

「就想說讓妳們見見面啊！」爵虛應著，似乎對我顧著看左看右就是不看他這點不太滿意，於是，我整個人忽然像是被雙無形的手一扭、一推，又撞回某大神的懷裡。

「超——痛——的！」捂著鼻子跳離他，我眼角迸出了淚花，困難地嘟囔：「我最討厭你們這些濫用法力的了……」

就你們厲害！

什麼都用法力強迫，給不給人權啊！

堅決用眼神傳遞我無言的鄙夷跟抗議，我扭過頭，把視線定在角落邊一只看起來頗有年代的骨董青花瓷瓶上。

「那我不用的話，妳就喜歡了？」

突然的一句話，悚得我一個沒注意使力，居然把才剛伸出手摸著的瓶子上那只耳朵給扭了下來！

我抓著「瓶屍」傻愣愣地回頭，看向唯一可能的聲音來源——爵側過臉蛋不知道在看什麼，嘴巴沒動。

我納悶地瞧了又瞧，找不出端倪。

幻聽了嗎？

才剛這麼想而已，腦袋又直接響起爵的聲音，「幻聽什麼，小豆豆妳哪邊學來裝傻這種行為！」

「什麼東西啊……」那帶著報復意味、轟炸似的嗡嗡叫聲讓我忍不住抱頭，腦子混亂成一團。

「哼——反正我講了妳也聽到了，不准裝死。」

爵走近我，勾起我的下巴，十分有壓迫感的美貌在我眼前放大了三秒，而後頭一甩，也一掀布幔走了出去，留下整個茫然的我。

「到底什麼跟什麼呀？」

果然，神跟人的思維就不是在同一個次元的。

以下，省略我下筆萬言的血淚感慨。

就在我還搞不懂爵說的話到底是有什麼樣深層的意思時，他跟梅音又從外頭折返。

梅音美人說要請我們吃飯。

而有飯吃就無視其他的爵毫無遲疑地附議。

我……在兩位大神的面前，我的人權跟發言權自然就是個屁。

因為、所以，以至於……沒多久，我們在一間複合餐飲店、靠近廚房的裡間，和平、美好地共進午餐了。

這裡，據說是梅音朋友的店。

她借來親手料理招待我們。

等待上菜的時間，我無聊地翻轉著手中的餐具。

我老覺得自己的記憶缺了一塊，可是缺在哪呢我又說不上來……整個人顯得有些恍惚。

「小豆豆……小豆豆！」

冷不防地刺痛感拉回了我的注意力。

「暗麻（幹嘛）……」臉有些扭曲，連帶著我講話的語調也有些含糊不清。雙頰被人向左右拉開的感覺，老實說，超痛的！

「發什麼呆啊！吃飯了。」爵一臉不爽，行兇的手又多捏了幾下才放手。

我抬頭，對上梅音投來的嫵媚笑容。

「時間倉促，所以只有準備這些簡單的。」她在我跟爵的面前，各放了只小碟子盛裝沙拉，款款落坐。

面前的瓷盤，盛上了半橢圓模型壓出的白飯，淋上深咖啡色的咖哩醬汁，香氣撲鼻。

盤沿點綴著兩三種略略過油炸過的蔬菜，澄亮的光澤感很是誘人，左側則擺上一碗乳白色的巧達濃湯，中間撒著些許磨成細末的羅勒葉，桌子的正中央是個木製碗缽，裝著拌好的凱撒沙拉。

以上，都是出自梅音之手。

「小豆豆，妳要好好學了，妳看人家煮得比妳好吃上多少倍！」

一看到食物就雙眼放光的爵已經開始吃了起來，邊吃還邊酸我。

「你這麼愛吃不會去跟人家住，天天都有美食吃幹嘛受我虐待……」我免費賞了他一個白眼。

在這莫名其妙的傢伙來我家之前，我一個月還不一定進一次廚房，現在天天被他逼著當老媽子他還有意見！

不過，入口的咖哩味道濃郁地擴散，還帶著些許甜甜的味道，真的不得不承認——很好吃。

「哎——小豆豆這樣就生氣，我是在鼓勵妳進步欸！」爵立刻就回話了。

「吃你的飯啦！」埋頭猛吃的我瞪他一眼，神經病亂栽贓！

誰在生氣了啊！我才沒有生氣……只不過誰被嫌都會發個幾句牢騷的嘛！

我才不是生氣、才不是。

我囫圇吞嚥著咖哩，忽然察覺到有另股視線盯著我瞧，是梅音。

呃——她應該不會誤會我跟爵在打情罵俏有的沒的吧？

這樣一想，我額際忍不住滑下一滴冷汗。

對於這個念頭，我衷心地期望它不會成真……

然而當飯後，爵被梅音給支開，只剩下我們兩個坐在裡間的時候，我就知道所謂期望什麼的，都是個空啊！

「剛剛那個礙事的一直都在，都不能好好跟妳聊聊……」梅音輕執起沖泡著花茶的玻璃壺，斟了杯遞向我。

我眼尖地看見她右手款款輕擺，立刻聯想到佈結界之類的動作——孤女、寡女、兇案現場啊！

我抖了三抖，冷汗如黃河一洩三千里。

「容我正式地介紹一下我自己——」相較於我的狼狽，梅音優雅得簡直就是「非人類」的典範，款款開口。

她很含蓄地表示表示自己姓姬，出身於年代十分久遠的大族，是混血兒。

呃——事實如果有這麼簡單，我就不會嚇得下巴都快掉了。

我不知道這些非常人，是不是都很愛來腦內直接投影這一招，我只知道在梅音對我介紹自己的時候，我的腦袋裡自動同步出現所謂的註解。

也所以，上面這段話要這樣翻譯：

梅音姓姬，所謂的年代久遠的大族……追溯至夏商周你說久不久遠？

當然，在讀取到這段註解的時候，我非常肯定眼前美人的芳齡絕對是不能說的秘密……咳、嗯！儘管某大神的實際年齡同樣不可考，不過，這段「驚鬼神、泣凡女」的戀情，搞不好會變成姐弟戀之類的……吧！

至於混血兒這點，我相信的確是。

因為梅音在說這話的同時，我非常肯定而且確定地看著她又轉為豎心狀，而且是倒豎的眼瞳，襯著流金眸色，就像是常常在神話中看到的某種生物——那一瞬間，我總算想通自己剛剛嚇哭的原因了，不是因為被人親了，而是被爬、爬蟲類……爬蟲類啊！

「我的確有那支血緣。」梅音的眼睛輕眨了眨，又變回原樣，「妳很聰明，這樣子我要請妳幫忙就好溝通了。」

我、我可不可不要啊……

「不行。」梅音優雅地輕笑，「放心，他聽不到的。」

我就知道！

這些人都是不給人權的！

爵當初出現時，說要我幫忙就硬是留了下來，連問都沒問我願不願意；而梅音現在說了要我幫忙更強迫我聽，也一樣沒問我願不願意！

這些傢伙的字典裡，到底有沒有「尊重」兩個字啊！

不用說，肯定是早刪掉了。

聽完梅音要我幫忙的內容，我深深吸了口氣——

「為什麼是我？」對著眼前莫測高深的美人，我問出我最深的疑問。

「因為他選中的是妳啊，那這個忙當然就只有妳可以幫了。」梅音美人倩然一笑，放射出的電流電得我是七葷八素的，「其實也不用緊張，我相信妳一定可以做得很好的。」

「說得輕巧！」我小聲嘀咕，要執行的人是我欸！

這位大姊，是站著說話不腰疼啊！

對我用眼神傳達的無言的抗議，梅音在我肩上輕拍的手多加了點力，微笑的表情看上去有點扭曲。

我倒抽了口氣，連忙往旁邊靠了靠拉出安全距離。

「可是，妳是他的新娘不是嗎？」有這種人嗎？要別人去教自己的新郎喜歡人。

「我什麼時候說過他是我的新郎了？」梅音依舊一臉笑咪咪的，可我卻有種被「莊笑維」的感覺。

「可是，他說妳是他的新娘……」我連忙重申。

「那是他說的又不是我說的，總之我拜託妳的事情，妳願意幫忙嗎？」

我看著梅音的笑臉，硬是沒聽出她這話的玄機。自從跟爵認識之後，我總覺得我的理解力好像越來越差了。

「總之，爵就交給妳好好指導了。」我的沉默無動作直接被梅音判定為接受，她一個彈指就替我決定下來。

我下意識想拒絕的搖頭，卻在看見她倒豎的眼瞳後忽然又不敢動作。

「放輕鬆點，不用太勉強自己的。」梅音笑容可掬地補上的這句，整個廢話。

我就知道……這些非人類都是不可理喻的啊！

「所以，妳們在裡面講什麼悄悄話？」

告別了梅音，我跟爵一邊閒扯，一邊散著步往家的方向走去。

透過他的嘴，我才知道原來今天這一場見面是梅音提出的。

「根本整個落好套等我跳了，裝什麼初次見面、安安你好啊！」我忍不住嘀咕，順道白了爵一眼，傳達對幫兇的鄙視。

「到底是什麼悄悄話啦？」某大神再度COS起好奇寶寶。

「都說是悄悄話了你還問。」

「小豆豆，妳都不跟我好了！居然有事瞞我……」爵哀怨的大臉湊到我面前，擋著我的去路。

那扁嘴的無辜樣，該怎麼說呢……揉合了可愛與欠扁為一體，佩服、佩服。

只不過本人我還是很不高興。

「反正你不是很愛直接讀別人的心思，我講不講有差嗎？」

這口氣聽起來好像有點酸，但實在怨不得我！

什麼叫做想辦法讓他喜歡上我，好瞭解喜歡一個人的感覺？他喜歡她跟喜歡我怎麼會是一樣的！

而且我為什麼一定要這樣做？她又憑什麼要我一定得照她的話做？

都不用問問人家願不願意，這算什麼跟什麼嘛……

爵沉默了幾秒，忽然又來了這麼一句。

「妳不喜歡？」

……基本上這種事沒人會喜歡吧！

我光明正大在心裡腹誹，反正他聽得見，逕自埋頭跨大步伐拉開跟他的距離。

「那我不聽了。」背後冷不防又響起爵的聲音：「可是，有事妳要說出來。」

他那妥協的語氣裡透著的關切，讓我的腳步不由一頓。

他兩三步就追上我，大掌拍上了我的腦袋順帶揉亂了我的髮，卻奇異的平復了我原本被梅音那番話弄得極其混亂的心情。

單習郁，妳這樣不行啊……

我忍不住哀嘆，這麼三兩下就被這不付房租的神棍給牽著鼻子走，原則都到哪裡去了真是。

就因為突發性接了這個莫名其妙到極點的任務，讓我一整個周末都處於恍神的狀態，而且一直持續中。

週一一大早，該是勤奮向學的神聖教室，我單手撐著下巴，眼神很放空，恍神、恍神中……

啪地一聲脆響，一本筆記本巴上我的腦袋。

我手一滑，差點拿下巴去跟桌面接觸。

「幹嘛！」險險撐住桌子，我抬頭轉向兇手的方向。

「發什麼呆啊！」手握著兇器……我是說筆記本的陳謙禮挑著眉，臉上一點打人的愧疚感都沒有。

「關你什麼事。」我一記白眼回過去。

「我要關心鄰居。」陳謙禮應得很理直氣壯。

「是喔——」我沒好氣地撇撇嘴，「你的筆記本很關心我的頭。」

「嗯，打一打看會不會變聰明。」他居然還點頭了。

「你不要以為我聽不出來你拐彎罵我笨。」

「欸——不錯呀！妳聽出來了……」

他朝我挑釁地挑了下嘴角。

我跟他一人一句拌嘴拌得很開心，卻渾然不覺老師已經走到我們身後——

「單習郁、陳謙禮！你們兩個聊得這麼開心，不如大聲一點跟所有同學分享？」班導阿張抽著嘴角，對著我們哼哼冷笑。

然後，我們兩個就在陳謙宇似笑非笑的注視下，光榮地被趕到教室外罰站去了。

「你白痴啊！」

「妳才白痴！」

走廊外，天很藍、風很涼。

我跟陳家弟弟大眼瞪著小眼，彼此齜牙咧嘴互罵了好幾回白痴、笨蛋後，終於忍不住笑出聲來。

「好啦，會笑就好了。」

陳謙禮忽然就止住那沒意義的叫囂，懶懶地往牆面一靠。

我學著他的動作。

原本，我還在思考昨天爵的怪異言行，沒想到在課堂上被他這樣一亂，居然就全拋在腦後……

「妳那天說那個傢伙是神，這是真的嗎？」安靜了幾秒後，他偏頭看著我，話題說換就換。

「……你相信嗎？」我略想了下，這麼反問他。

雖然，他相不相信其實並不重要，但我就是很好奇他會怎麼看待這麼不尋常的事情？

「不信啊！」陳謙禮回得非常果決。

果然……還是不相信的嗎？

對他的答案我並不意外。

可真聽他這樣說，我也說不上為什麼就覺得有些不開心……

「但，我覺得妳也沒必要騙我。」陳謙禮覷了我一眼後，補上一句。

我著藍天、白雲，有些意興闌珊地靠著牆。

「所以，那傢伙有什麼神力？怎麼會跟著妳？」他邊說邊伸了記懶腰，不經意間縮短了我們之間的距離。

「呃——他說他要來找他的新娘。」我呆了下，算是變相作出了回應。

只不過關於他的好奇，由於某人最常展現的神力就是爆燈泡這回事，我實在不知怎麼啟齒？

只不過陳謙禮聽進去的關鍵字，貌似跟我在糾結的層面也完全不同就是了。

「新娘？」短短兩個字，他居然唸得咬牙切齒，而且眼神颼地掃了過來，「妳嗎？」

我在他上下打量的目光中呆愣了三秒。

「怎麼可能啊！」回過神後，我立刻為我的清白發聲，以一種驚天地、泣鬼神的態勢。

「欸——妳不要突然大叫！」

「單習郁、陳謙禮！你們兩個下課跟我到辦公室來！」

同樣分貝不低的「男、女二重唱」中，教室的門唰地被拉開來。

班導阿張臭著張臉，瞪著罰站到聊起天來的我們兩個。

在班導阿張「逆我者亡」的統治政策下，放學後，我跟陳謙禮一人一支掃把被罰掃大會議室。

情節就跟所有純愛動漫喜歡用的老梗套路一樣，當然主角之一是我，什麼少女浪漫情懷……抱歉！本人的字典裡沒有這幾個字。

不過，八卦真的是增進感情交流的一大促進劑。

在「同甘共苦」，地沒掃多少，閒話倒是扯了一大串地奮戰過後，我跟陳謙禮什麼隔閡、戒備早就忘得一乾二淨。

而且，居然還培養出一種無言的默契。

門突然又被打開時，我們立刻在第一時間閉上嘴裝忙。

「別裝了！我又不是徐老師，不會罰你們啦！」

麻麻特有的嗓音從外頭響起。

踏入會議室的除了她，還有落後幾步跟進的陳謙宇。

「聽你們在外面聊得很開心，裡面班導的粉筆都折斷好幾支了。」

他還是那副似笑非笑的表情，走到了陳謙禮身邊，邊勾著他的脖子低語：「聊些什麼說來聽聽？」

那邊陳家兩兄弟忙著咬耳朵，我也被麻麻拉去一旁，「小豆豆，妳開始培養感情啦？」

「什麼東西！」我嚇得連掃把都掉了。

「你們兩個豆豆呀……所以看起來妳比較喜歡弟弟就是了？」麻麻笑得萬分八卦，「當初，我跟麻伊也覺得應該會是弟弟跟妳比較搭，哥哥太文靜了。」

「老媽妳不要亂說啦！」我用力把麻麻八卦的目光給扭正回來，「什麼娃娃親都是你們在講的，我什麼都不知道！」

「哎——妳當時還小嘛！」麻麻拍了拍我，「好啦，其實我也是聽麻伊說，麻伊說她是聽韓叔叔說的……」
麻麻提到了「韓叔叔」，讓我一陣沉默。
所謂的「韓叔叔」，其實就是我的親生父親。
印象中我見過他一面，卻是在他的葬禮上。
「啊……抱歉喔小豆豆，我忘了妳不喜歡提到這些。」麻麻看到我微怔的樣子，立刻閉上了嘴。
我恍然回神，搔了搔頭傻笑，「其實本來就是事實嘛，沒關係啦！」
「想開了就好。」
這句話輕巧地脫口而出後，麻麻忽然一把把我抱住，「小豆豆，妳長大了不少呢！」
我呆呆地任由麻麻抱著，對自己能這麼雲淡風輕也有些出乎意料。
我本來以為這是我一直諱莫如深的話題，再提起卻發現自己沒有想像中介意……該說是想開了嗎？我覺得還不到這地步。
但不知道為什麼比起之前，它在我心上的痕跡真的淡了許多啊……
「不過話又說回來，選弟弟不錯呀，我是覺得他比某個老頭子好多了。」推了推几自走神中的我，麻麻繼續鬧著。
這話題說換就換，跳躍得讓我一瞬間反應不太過來。
她口中說的「老頭子」，是她對韓習禹的一貫稱呼。偶爾我也會這樣跟著麻麻亂喊，但，那都已經是過去式了……就像那些我曾經以為藏得很好的小心思，其實就是個透明泡泡，輕輕一戳就破滅了。

「我跟他不是那樣啦……」偏頭避開陳家兄弟檔不經意拋過來的目光，我掙扎著解釋。

這時口袋裡忽然一陣震動，讓我找到可以暫時脫身的理由。

我二話不說把掃把往她手中一塞，閃出會議室走到角落接起電話。

『喂？』

『午安，小豆豆。』

如絲如媚的輕軟嗓音自話筒傳出，我嚇得差點抓不住手機。

『梅、梅音?妳、妳怎麼會打來？』重點是，她、她、她怎麼知道我的電話？

像是知道我在疑惑、驚訝著什麼，梅音笑呵呵地回了一句「妳說呢」讓我直覺聯想到，她大概也跟爵有差不多或者類似的能力在……

……N次重申，這些藐視人權的機車鬼有夠討厭的。

『找、找我有事嗎？』

我真的不是故意要口吃，可就不知道為什麼，面對起她我就是有些膽怯。

同樣的作為，我倒不怎麼怕爵會對我怎樣。

『答應幫我了嗎？』梅音的尾音輕揚，像個小鉤子，我只覺得脖子一陣冰涼，好像有什麼東西套著，緩緩收束。

『可是，這種東西不是我說答應了就一定會成功吧……』嚥嚥口水，我努力嘗試著打馬虎眼，忍不住冷汗涔涔，深怕一個搖頭就分家了。

這到底都什麼跟什麼，這些神的思考邏輯就不能正常點，他們風花雪月關我這個路過打醬油的什麼事？

『呵呵——』梅音的輕笑聲很詭異，『妳沒有去試試看，怎麼知道有沒有成功的可能？』

我不自覺地想起那時看到梅音倒豎瞳孔所聯想的那種生物，進而聯想到伊甸園誘騙夏娃的撒旦……

爵大人，你的新娘真的非常、非常不一般！

『我不懂……這、這樣對妳有什麼好處？』

讓爵喜歡我、讓他懂喜歡是什麼這跟她有什麼相關聯？

更何況，我覺得爵或許沒她想的無知啊！雖然我也不怎麼敢保證他有多聰明……

『好玩囉！』

聽過保險絲燒斷的聲音嗎？在梅音帶著笑意對我這麼說出這三個字的時候，我感覺我的腦袋發出了這樣的聲音——

「小豆豆，那是糖！」

「小豆豆，妳鹽巴放太多了……」

「妳，給我過來！」

「啊？」我一手抓著鍋鏟、一手還拿著鹽罐，撞進爵的懷裡才恍然回神。

「妳想要毒死我啊？」爵的表情像是吞了好幾十磅炸藥一樣。

我愣愣地順著他的視線，看著手上只剩不到三分之一罐的鹽巴，再看看瓦斯爐上咕嚕冒泡的鍋子，還是很恍惚。

「妳怎麼了，今天回來就怪怪的。」爵伸手戳了戳我的腦袋，眉頭皺得很緊。凡是攸關他的飲食品質，他就格外認真。

我呆呆地看著他，又想到今天在學校接的那通梅音的電話，氣又湧了上來。

「我不煮了啦！」我用力推開爵，東西一甩就走出廚房。

爵對我突來的動作沒能來得及反應，順著動作被我推開，想了想又跟了過來，「那我的晚飯怎麼辦？」

「去找你的新娘煮給你吃啊！」

感覺到他又湊近我，我扭過頭，只用手推走他的腦袋。

「嘖，小豆豆妳搞什麼？」像是被我推個不停的手激怒了，爵一把握住手腕。

我的腦袋被強迫地轉了回來，不受自己控制，我只能用眼神表達不悅。

「你已經找到新娘，那可以離開我家了吧！」什麼願望的，我才不要，我不想繼續跟這堆不正常的人繼續糾纏下去了。

「妳不是答應要幫我追她？」對我的怒氣，爵非常不解。

「誰說的！自己的新娘自己追啊！關我什麼事？你們幹嘛什麼都要牽扯我？」

想轉頭未果，我想做什麼都不被允許的惱怒，讓理智又忽地應聲而斷，全化成怒吼，劈頭就往爵砸去。

可是，心裡又有個微弱的聲響問著我，單習郁妳怎麼又情緒失控了，不能好好的講嗎？

「妳……在吃醋嗎？小豆豆？」爵任憑我對著他抓狂亂吼亂打，直到我漸漸沒了力氣安靜下來後，他忽然這麼問。

「神、神經病。」我一噎，退開了幾步，用一種看怪物的眼神對著爵，「我又不喜歡你，幹、幹嘛吃你的醋。」

明明是事實，但我就不知道為什麼拼命吃螺絲，把一句話說得坑坑巴巴的沒半點底氣。

「喜歡？」爵的表情，讓我感覺這似乎是個對他而言很陌生的名詞。

怎麼會這樣？難不成他還真的如梅音所言，搞不懂什麼叫喜歡？

他的認知怎麼就不可以連貫點、全面點啊？

「嗯，喜歡一個人才會吃他的醋，也是喜歡一個人才會想要跟他在一起。」

我就我的理解向爵解說，是說，他會要我幫他追新娘，要討好她，可是怎麼會不知道喜歡是什麼？

「所以，我們兩個住在一起，代表妳喜歡我、我喜歡妳囉？」

我聞言表情一囧，這結論怎麼推出來的？

「才不是，我們是住在一起，不是在一起，差一個字差很多！」我極力解釋著，就怕某人誤會到天邊去。

「那喜歡是怎樣的？」爵問出了一個很有哲理的……廢問題。

誰能告訴我，我該怎麼跟神說明喜歡這種無形的、虛幻的感覺到底是什麼呢？而且這問題，怎麼會是問我啊！

「就……如果你要梅音當你的新娘，那應該是因為你喜歡她，想跟她在一起……大概是這樣子的吧？」

也不知道為什麼前一刻我還在抗議人權，下一刻就成了心靈導師，但我很清楚如果我不開導一下某大神，那等下我連人權也沒得抗議了。

「可是，梅音就是我要找的人，妳說的那個喜歡不喜歡的會有影響嗎？」爵歪著腦袋、看著我。

「當然有啊……」

「有什麼影響？」

「就……」我很下意識地應著，卻遲遲接不出下一句。

我覺得很怪，爵要我幫他追梅音，要讓她成為新娘，但是，爵也真的就如梅音所說的，根本搞不懂什麼叫喜歡的樣子，那不喜歡為什麼要娶她當新娘，要娶她當新娘不是應該是對她有感情的嗎？

這又不是古代只能憑父母之命、媒妁之言決定姻緣。

我的邏輯快被爵給攪混了……對我來說應該是很理所當然，對他也是很理所當然，但我們兩個的理所當然好像不太一樣？

「小豆豆，妳繞啊繞啊繞的在講什麼我聽不懂。」

我不講話，有人就直接用聽心聲的了。

「所以你喜不喜歡梅音呀？」我決定直接切重點。

「我要喜歡她嗎？」爵用一種很茫然的表情回望著我。

所以說，人跟神的差距就在這邊，他一句話就把我的重點踩在地上，順帶吐兩口口水。

「你不喜歡她，那幹嘛要她當你的新娘？」

「因為她就是新娘了啊！」

「那，所以你應該是喜歡她呀！」

「為什麼要喜歡她才是新娘？」

「你如果不喜歡的話，那她當你的新娘就沒意義了！」

「可是她已經是新娘了呀！」

「那你就去喜歡她，不就好了嘛！」

接下來，我跟爵爭執了非常、非常久，到底誰比較鬼打牆我也搞不懂了……明明我想得很簡單，不管梅音想要幹嘛或叫我幹嘛，先確認一個大方向，也就是爵對她的想法，如果他有一咪咪可能、大概或疑似是喜歡她的念頭，或反應出現的話，我就要極力把他往那個方向導去——

——但不是鬼打牆啊！

終於，一直無限跳針的對話，在爵強迫地的橫空一劃，我的嘴巴像拉上拉鍊一樣，不受控制地緊閉後，宣告結束了。

「我幹嘛要喜歡她？」他皺了皺眉，結果還是問了這麼一句。

好……爛的問題！

ch2

喜歡不喜歡

……幹嘛喜歡她？

這問題問我，我怎麼可能會知道?!

當然，我是沒能回答了，因為嘴巴已經被爵給強制閉上。

「真搞不懂你們人類，老是計較這些很不重要的。」交抱著雙臂，爵感嘆地搖了搖頭。

我死命瞪著他，什麼搞不懂我們，我才搞不懂他咧！這明明是很重要的事情！

「好吧，我改變主意了。」爵一個彈指，我被強硬制住不能運轉的嘴，霎時輕鬆很多。

我揉著不甚舒服的臉頰，有點不敢相信我接下來聽到的東西。

「小豆豆，妳來教我什麼叫『喜歡』好了，既然妳一直強調這很重要。」

……我這算不算搬石頭砸自己的腳？

「我覺得，妳是被那個叫什麼梅音說的話給誤導了。」

隔日的下課空檔，我跟陳謙禮聊起了這件事。

聽完我的描述後，他抽起花束的其中一枝金莎，這麼表示。

喔——對了，我忘了說，他今天送的是金莎。

據說配合組的陳謙宇則是送上德芙……算了……這不重要。

而我們現在可以這麼融洽地聊天，只能說是八卦的神秘力量導致。

「怎麼說？」我忍不住徵求意見。

「妳看嘛……她一提妳是不是就會想極力避免，但是誰都有好奇心跟劣根性，妳越是迴避，那個爵就越是好奇不是嗎？這招對那個傢伙應該很管用。」

陳謙禮吃掉裡頭的巧克力，把剩下的包裝紙摺摺捲捲，忽然就弄出一朵小小的金色玫瑰，「妳的段數比起她還差得遠咧，難怪妳被吃定了。」

「所以……你的意思是？」我驚悚了。

所以說這種結果還真的是我自找的，明明我這麼想閃開，仍變成這樣。

「我是覺得如果那個爵真的如妳所說的，可以聽到妳心裡想什麼，沒道理不知道妳跟梅音講的事情，而配不配合，就是他的事了。」

陳謙禮說著，又抽了一枝金莎拆來吃。

「喂——你不是要送給我的嗎？」他的動作非常自動，我忍不住就問了。

「反正妳又不是很想收我送的花。」他聳聳肩，把巧克力拋入口中，沒一會兒又折出一朵金色小玫瑰。

「我搞不懂這些什麼神的……」我一陣氣結，趴回桌上繼續唉聲嘆氣，完全不知道拿現在的發展怎麼辦？

「奇怪，明明他們找到彼此就沒我的事了，為什麼還要扯到我啊！」

不是說好，找到新娘他就會走了嘛！

「大概是妳跟他們的緣份很深吧！」陳謙禮伸手要抓第三枝。

我乾脆整把塞給他。

「我才不想跟他們緣份深！」我哀號著，隱約聽到他接了句「我也不想。」

而歡樂的時光總是過得特別地快，尤其，當妳知道後頭有個躲不掉的大麻煩就在那裡等著妳的時候……從來沒有覺得待在學校是那麼的快樂，只是隨著時間一點、一點逼近放學，我的精神就一點、一點的委靡下去。

最後一堂下課鐘聲響起，我踏著沉重的腳步，隨人客搖來搖去……我是指，我腳步沉重地踏出教室往回家路上走，總覺得要配點什麼悲壯的BGM，因為我看起來實在是很像要赴死……

「單習郁。」

忽然被人喊住時，雖然不知道來者何人，但我衷心感謝他把我喊住，我忍不住就笑了，然後轉頭對上出聲的人時，笑容又瞬間僵掉。

是韓習禹。

「有、有事嗎？」

不知道此刻我的表情是不是很扭曲，但我知道我的心情很複雜，不知道是回家面對爵比較讓我煩惱，還是面對眼前的人比較讓我痛苦。

好吧，可能以上皆是。

「妳忘了，上次我說要妳回家一趟？」

「不、不是週末嗎？」我訥訥地應著。

老實說我還真的差點忘了這檔事，都被爵搞得我記憶混亂了。

「嗯，不過臨時有狀況所以改今天，我直接接妳回去。」

「發生什麼事了嗎？」

逆著光，我看不太清楚韓習禹的表情，但卻隱約聽得出他的聲音很疲憊……這些微的不尋常，讓我有些不安地眼皮直跳。

「媽病倒了。」

韓習禹沉默了很久、很久，終於吐出這麼一句。

極其相似的一幕，再一次地上演……

上一次，是麻伊媽咪病倒的時候。

那天，我忽然被校內廣播召喚到辦公室去。

我一踏入辦公室，就看見班導跟韓習禹的身影。

韓習禹完全沒了往日的整齊、冷靜，髮絲凌亂地散在額前，銀灰色的細版領帶半扯開，像是鎖鏈般無力地垂著，而接下來他說出的話，則是扣上的鎖，緊緊束住我最後一絲呼息……

直到叮的一聲，我脖子上麻伊媽咪送的十字項鍊沒來由的斷開落在地上……

那句話，跟今天他說的一樣。

我忍不住伸手揪向胸口，抓空了才想起從那次之後，我再也沒有戴過類似的飾品，項鍊、圍巾……任何圈住脖子的產物，我都有種莫名的恐懼。

「她說，很想見見妳……走吧！」

韓習禹扯了扯領帶，鬆開了最上層的釦子，重重地吐了口氣後，這麼對我說著。

讀出韓習禹未完語氣底下掩蓋著的不安，我乖乖地跟著他上了車子，往那個以前我稱之為韓伯伯家，而其實該是稱之為我家的大宅。

對於這個要叫「媽媽」的韓夫人，我沒有太多印象，只記得是個很冷淡的人。

一絲不苟的綰髮、冷色系的服裝，每回例行回家的時候都是匆匆一瞥，她站在樓梯邊緣睇著我入內的居高臨下……用餐時間她不曾出席過，只有主位上白瓷餐具泛著冷冰冰的光，如同她看我的視線。

我可以瞭解她不喜歡我的原因，相同的，我對她也沒有任何喜歡的理由，而這樣的她說想見我，其實我很害怕。

「單……」

車廂裡只有空調細微的運作聲響。

直到韓習禹有些乾啞的聲音打破寧靜，他發出了個音節卻又停頓，然後改口：「小豆豆，妳還會恨嗎？」

「恨什麼？」

我覺得，韓習禹問了個很難懂也很難回答的問題。

難懂的部分在於它的範圍很大，而難答的原因是我想我知道他想問的是什麼……

那時候，對他大罵的一字一句我記得很牢，我說過我恨他的，只是他這樣一問，我才突然發現我怎麼一點也想不起來那種恨的感覺？

恨的原因還在，理由卻好像被掏空了只剩殼一樣薄弱。

「昨天我，收到麻伊的信了。」

「怎麼可能？」

無邊無際的一句話，讓我微愣。

「呵——」韓習禹忽然笑出聲來，我覺得我的驚訝指數又上調了好幾個百分比。「妳的反應跟我一樣，也跟麻伊信一開頭寫的一樣，我也覺得不可能，但寄件人的確是她，還有郵戳為證。」

停紅燈的時候，他從口袋掏出了一只信封遞給我，「看看吧，這也是給妳的信。」

我忍不住一陣哽咽，有些顫抖地撫著信封上頭熟悉的字跡——

給我最愛的禹還有小豆豆：

嘿嘿——收到信有沒有嚇一跳？想說怎麼可能對吧！不過不用太崇拜我，因為這招是我從電影學來的，哈哈！

給一年後的你們，在我離開了之後過得還好嗎？

在我知道，有一天不管我多麼不捨一定還是得離開的時候，我想，你們一定會很想我。因為我就是這麼讓你們喜歡，這麼捨不得我離開，所以，我才要給你們這封信。

給我最親愛的禹，其實一直有個秘密，我答應了另一個很重要的人不能對你透露，至少不能是由我透露的，但我想你總會知道的，所以，你一定可以理解我喜歡叫你當小豆豆保母的原因吧？

好吧……可能更大部分的原因是我喜歡看你拿小豆豆沒轍的無奈樣。

我希望我最愛的兩個人好好的，就算沒有我也依然是好好的。

小豆豆總有一天會知道這個對她來說有些殘酷的真相，我不知道會是由誰告訴她，反正我是不打算講，如果她沒有問我，但如果真的要說，我希望是由你告訴她……嗯，這樣她會討厭你但不會討厭我，你是男生你比較不怕這個。

而且，我相信小豆豆不會討厭你太久的，除非你一直一直惹她生氣。

好吧，別說我都只愛小豆豆不愛你，偷偷告訴你，小豆豆跟我一樣最受不了人家對她好了，你惹她生氣，那就要加倍對她好一點喔，讓她早點消氣……可是就算沒有惹她生氣妳還是要對她好知道嗎？不然，我會生氣的！

＊　＊　＊

給我最寶貝的小豆豆，好可惜我不能看到妳長大的樣子，但我相信一定是我最漂亮的寶貝，本來我想叫禹幫妳好好篩選個很棒的對象，不過小豆豆妳好小、好小的時候就自己先選好了，我鑑定過喔，妳的眼光比禹好太多了。

就算不是他，我相信妳也一定會找到一個很棒、很棒的人，會替我、替禹陪在妳身邊，所以小豆豆，就算我離開了妳也不要難過，哭一下下、難過一下下就好，要努力振作、努力等那個人來到妳身邊。

我把禹也交給妳了，他是大人，可是他腦袋轉得慢，妳跟他生氣但不要氣太久，萬一他笨笨的沒有搞清楚妳氣什麼那多慘！

可是他就是很可能會這樣，所以討厭他也不要討厭太久，因為禹跟妳一樣很孤單，幫媽咪好好陪他好嗎？

＊　＊　＊

給我最愛的小豆豆跟禹，那天我作了個夢，我夢見我遇到你們的第一次，原來那才是我們第一次遇見呀，好小的小豆豆，還有好年輕的禹，原來，我們的緣份這麼這麼深，好可惜，只能走到這裡……

那是一疊份量很厚重的信，好幾張信紙跟些許不同的字跡，看得出是不同時間寫下的，有給韓習禹的、有給我的、也有給我們兩人的。有的是麻伊媽咪回憶的點滴；有的是她想要給我們的叮嚀；有的是她說她懶得繼續幫忙隱藏的小秘密……

有的，是她對我們濃濃的捨不得。

「我沒有後悔把那件事告訴妳，但收到信後我才知道，或許，是我當初說的方式不對。」

車子轉彎，通過了社區外圍的鐵門。

蜿蜒曲路盡頭的宅邸漸漸顯現，名為家的地方。

「其實，我真的不知道該怎麼對妳好，那次之後妳好像不願意接近我、很怕我，我想那就算了，我不要太干涉妳，如果這是妳想要的，只是看完這封信、還有媽昏倒的事，讓我覺得……」

車子戛然而止，我聽見韓習禹的脆弱。

「小豆豆，不要討厭我，好嗎？」

進屋後，他告訴我他母親想單獨見我，讓我自己上去，他需要致電給醫生問些事情。大概是覺得路上的話題還有現在的氣氛太低了吧，他還伸手拍了拍我，要我不要緊張也不要想太多，她只是想看看我……

厚重的窗簾緊緊拉上，整個房間顯得陰沉而透不過光，濃重的藥氣揮散不去，一打開門就撲了上來，讓我難受得忍不住皺眉。

房中央的大床上，層層疊疊被單枕頭中的細瘦身影，不是我以往印象中一絲不苟的韓夫人……我不能叫她媽媽，最多是韓夫人和母親這兩個稱呼。

其實我很清楚她並不想承認我，而「母親」只是人前的場面話。

記憶中總是儀態分明的她如今只剩下蒼白，蜷縮在其中，輕減得好像隨時都會抓不住遠去，腦海裡忍不住把眼前的她和記憶中的麻伊媽咪重合，相似得可怕。

我想看到這樣，韓習禹應該比我還要難過，畢竟，床上的女人對他而言，又是更深一層的親子關係。

我踏入房內，跟地毯接觸的細碎腳步聲驚醒了床榻上的人，她抬眸看向我的方向，沒了妝彩、染了病氣的眼神有些渾濁，吃力地眨了幾下才聚焦到我身上。

「……妳是習郁嗎？」她出聲的同時向我伸出了手。

我跨大了步伐來到床畔，手被她緊緊握住……緊握，卻沒有太多的力氣，或許說是我反握住她還比較可能。

「韓夫人……」話在嘴巴裡滾了滾，我有點不知道這種氣氛下該怎麼稱呼她。

「呵……妳也長大了呢……明明每隔一陣子我就會看到妳，卻沒注意到這件事……」

這是我第一次看到韓夫人露出笑容。

或許是纏綿病榻的人一種共同的給身旁守候者的安慰，他們總是努力的微笑、忍著痛苦忍著難過，努力傳達著「我還是很好，不要擔心」的訊息。

「看到妳長大才知道自己老了……妳很小的時候我還抱過妳呢！」

韓夫人虛弱的聲音，帶出了個讓我驚訝的消息。

她的手軟軟地捏了捏我，問起了我的近況：「一個人住還好嗎？」

我有些慢地反應過來她避開不想談的尷尬，一一回答著她的問題，聽她說話。

就這樣，我在樓上待了很長的一段時間，最後是韓夫人真的沒力氣說話了，慢慢陷入沉睡。

「習郁，對不起呀，因為我的緣故讓妳一直都不能有爸爸……」

韓夫人在快陷入昏睡前，這麼對我呢喃著她的抱歉。

看護進來幫她換了點滴、壓好被子。

我離開房間下了樓，韓習禹正站在客廳裡講著電話。

「……好，我知道，就麻煩你了王醫師……」他結束通話回頭看見了下樓的我，扯了扯嘴角，問：「還好嗎？」

「韓夫人……」揪了揪衣角，我有些遲疑地開口：「她是生了什麼病嗎？」

他吐露了一個很專業的名詞，很難懂卻也很熟悉。

因為，我不是第一次聽見它。

「跟麻伊媽咪一樣嗎……」我吶吶的低語，傳入了韓習禹的耳朵。

「是，也跟妳的母親一樣。」

一樣……何其相似的巧合。

那時候恨得轟轟烈烈，現在卻像針戳的氣球一樣散得無影無蹤，沒了恨的力氣，雖然更明白的是，不恨的原因是因為這其實根本沒什麼好記恨，只是小小的事情。

但越是小的事情，越是難以割捨忍受。

送我回去的路上，我們開始久違一年的聊天。

他有些生疏地問起近況，不明顯，但我的確感覺到了麻伊媽咪還在的時候，那個老被我們戲弄的韓習禹回來了，努力地想要彌補這段時間的空白。

可能是知道快要失去了，所以才想要努力去抓住、去挽救。

打開家門的黑暗冷清，讓我有瞬間的閃神。

自從爵出現之後，每天、每天當我回到家時，總會有個龐然大物佔據我的沙發、我的床或者我的電腦，一開門毫不客氣衝著我就是一句——

「小豆豆，飯！」

老實說，我已經很習慣了這個景象，今天突然一片漆黑，還真的很意外。

明明……這才是正常的吧？

「爵？」我摸索著牆上的開關。

重現光明的屋內，我一眼就看到縮在沙發上散發著濃濃怨氣的物體。

我肯定我沒這麼強大可以看見什麼靈啊氣的，那為什麼我會看到他散著濃濃怨氣……我只能這樣對我自己解釋，這是他要我看的……

「你在家幹嘛不開燈啊？」

「哼！」爵非常高傲地瞥了我一眼，狠狠地轉頭，怨氣比剛剛我開燈後看到的還要深上幾分。

這是又怎麼了啊……我完全不能理解他的哀怨點。

「吃飽了嗎？」

我看了看手錶，這位大神非常嚴謹遵守著他的進食時間，晚個一分一秒都會點燃他的怒火，我想這大概就是不爽的點吧……雖然也就超過半小時。

可是家裡也有食物啊，何況我教過他怎麼微波東西的。

所以我的問題，是抱持著他吃飽了只是很不爽的想法問的。

「小豆豆妳很沒禮貌，我都沒回話妳就認定我吃飽了。」
哀怨的目光掃了過來。
「啊——」
我還來不及反應，整個人被一揪往前爆衝！
「誰、誰沒禮貌啊！你、你、你、你——」我一句話都說不完整，心跳飛快，但絕對跟害羞沒有半毛子關係。
「妳去哪兒了？」爵的臉在我面前放大，眉間的皺摺深得可以夾硬幣，口氣很差、很差。
我卻忽然笑了出來，「幹嘛？你不會真的在等我回來才吃晚餐吧？」
話才剛說完，我的臉頰驟然被向左右用力拉扯！
強烈的痛楚告訴我，這問題問錯了。
「對、對不起啊……」沒辦法清楚說話，我只能在心裡想，反正某人應該是聽得到的。
果然，爵鬆手了，跟著又是頭一扭，氣呼呼地哼著：「哼——都不知道跑去哪兒，找都找不到。」
「咦？你找不到我？」
聽到爵這麼說我挺意外的。
平常不是不管我跑多遠，他的心電感應都傳得到……等等，他這麼一說我才想到，今天居然都沒聽見他吵我！

「不是跟妳說小孩子不要隨便搞憂鬱，我會讀不到！」我的臉二度遭受摧殘，這回是用揉的。

「放、放開啦！」好不容易掙脫開魔爪，我的臉熱呼呼的，好痛。「我又沒有搞憂鬱！」

我今天心情原則上還算可以啊，除了想到某人造成的麻煩跟回韓宅的時候……

「喔——妳回韓家啦，難怪我讀不到。」爵忽然揮了揮手。

我跟個沙包一樣被拋到沙發的另一頭去，一陣暈眩，不過我剛剛聽到他說啥？

「我回家你讀不到？」這什麼論調？

「嗯！那邊磁場不合。」他掏了掏耳朵，利眼忽然一掃，「飯！我快餓死了。」

「喔！還沒吃就說嘛，幹嘛捏我……」

我嘟囔著走向廚房，很自動地開始料理起來，又忽然停住。

我這麼乖幹嘛?!

他剛剛虐待我欸！

「我吃飽了，才想得起來為什麼妳回家我就讀不到妳心思的原因。」

客廳裡飄來爵的聲音，好死不死，踩到了我的好奇心。

……單習郁！妳整個被吃死死的！

弄好炒飯跟蛋花湯端上桌的我，忽然感到一陣悲哀。

「小豆豆，妳的料理要再多用點心……」

要吃又要嫌的爵，在我的瞪視下收回了那串話。

我很有耐心地等他吃飽、洗好碗，從餐桌移位到沙發，死死看著他。

「哎——不要這麼熱情的看著我，我會害羞。」爵忽然雷死人不償命地這麼對我說道。

我不能控制地湧上一陣惡寒，看他的眼神更像看到鬼了。

「就跟妳說我是神不是鬼，放尊重點！」

……你個從頭到尾沒尊重過別人的傢伙要人家尊重你！有沒有理啊！

「總之，那個家跟我磁場不合，非必要我不是很想靠近。」

酒足飯飽（？）後，某人想起了答應我的話，開口作了個有解釋跟沒解釋一樣的解釋。

「為什麼？」

「沒為什麼，就磁場不合啊，我討厭那裡的味道。」對於我的疑問，爵皺了皺鼻，忽然一把揪起我，「對了，去洗澡。」

「啊？」這發展讓我非常傻眼，呆了兩秒，才注意到此刻我被人揪著衣領懸空的事實，嚇得尖叫；「你要幹嘛！」

「妳身上有味道，去洗澡。」

就這樣我被扔進浴室，門板在我面前關上還自己上了鎖。

「……搞、搞什麼啊？」

我手裡捧著一套不知道啥時飛到我懷裡的衣服，很慢半拍的回神，卻完全不能理解這什麼狀況？

我帶著沐浴後的淡淡熱氣走出浴室，看見某神很自動自發地開了我的電腦，很專心地在看著什麼。

「欸——你也太自動了點吧，在看什麼？」我走過去，湊上前想瞄瞄螢幕。

爵忽然啪地蓋上筆電。

這動作嚇了我一跳！

「幹、幹嘛？不給我看也不要拿我筆電出氣啊！」看他剛剛這麼大力合上，我好心疼啊！

「以後不要再不說一聲就不見了。」爵忽然轉頭看著我，很認真地說著。

咦，這什麼神展開？

「那個，我必須要說……」我得上課，而且會臨時去哪我自己也不知道……

「妳只要想我就聽得見。」爵的語氣十分認真。

我的心跳因為這句話沒由來地一亂。

明明應該是很正常的一句話，我卻莫名其妙的臉紅，只不過當我還在被他剛才那句話弄得一團混亂時，他就已經換下個新話題了。

「小豆豆，快點教我喜歡是什麼吧！」

「啊？」說到跳轉話題的速度，爵大人也真的是數一數二的了……

「啊什麼，妳不是說要教我？」

「我什麼時候說要教你？」

我瞪大了雙眼，看著越來越湊近我的爵的臉蛋。

「妳也希望我早點離開不是嘛？那就配合點。」

我微頓，這的確是我的希望沒錯，可是不知道為什麼聽他這樣說我就很悶。

「這種東西不是我配合就可以吧……」我嘀咕著，在爵投來疑問的目光時又閉上嘴巴。教你是吧……

「電腦給我。」

點開咕狗大神（Google），我瞇了瞇眼睛，ｋｅｙ了幾個關鍵字，然後，在一串網頁中選了個點了下去。

「吶，這個看完我再教你。」

微笑再微笑，教學是吧……我就找「專業」的教你。

還記得上次，某人要我教他怎麼追人，我的隨口瞎扯導致我後來的麻煩，這一次，我叫他用看的，還特別註明僅供參考，要自己融會貫通。

我憑我的聰明才智認為打發走了麻煩，可是事實證明，神……不！神經病的思維跟常人是不在同一個次元的。

所以，當我隔天回到家中，就看到爵套著我那件粉色滾白蕾絲的圍裙，站在我的廚房。瓦斯爐上，咕嚕嚕地滾著一鍋冒著不明氣泡的物體，他那套「給我過來」，非常詳盡地善用在從冰箱叫出各類食材，只是……

「你冰箱門別都不關！很浪費電啊！」

我很想衝上去抓著他用力咆嘯，可眼前這弔詭的畫面讓我的腳步為之停頓，怎麼也跨不過去。

第一時間，我想到了我看的那本小說裡的場景，囧囧地思考不會等下某人也要抓蒼蠅、蚊子，來仿效小當家的仙女飄飄，再很自我安慰的想說還好！我沒給他看過這個，接著又忍不住回想，我昨天到底給他參考了什麼？

我依稀記得，那是本連載言情小說，很經典的那種。

完美得跟神一樣的男主，出得廳堂、進得廚房上得……離題了，總之，「言小」裡該有的要素它都有，但其中讓我印象最深的，不是那些非人哉的事蹟跟背景種種，而是男主對女主的呵護，以及他對女主深厚的感情。

我不知道這樣的定義，算不算絕對的喜歡或者算不算愛，但如果要我說什麼是喜歡，那我第一個閃過腦海的參考值就是麻伊媽咪，還有這篇故事。

可惜的是，它沒有結局。

儘管在某種定義上，我想它是完結了。

「你在幹嘛？」從思緒中回神，我清了清喉嚨，很是遲疑地對著正認真攪拌那鍋不明物體的爵開口。

「要抓住一個人的心，首先要抓住她的胃。」

爵萬分嚴肅地盯著冒泡的鍋子，時不時攪拌兩下，頭也不回地說：「小豆豆，妳作了這麼久的飯菜給我吃，今天，換我來煮一頓答謝妳吧！」

也不知道為什麼，聽完爵這麼一說，我的第一個反應是伸手到包包裡，緊緊抓住我的手機。

我記得預設的快速撥號警察局是1，消防局是2的樣子……

「呆站在那邊作什麼？快點去洗澡吧，水我幫妳準備好了，晚餐煮好還要一陣子。」爵偏頭看了看傻站在一旁的我，擺了擺手。

我愣愣地按著他的指示放好包包，拿了換洗衣物、走進浴室，等看到眼前的場景才猛然回神——

「你、你把我的浴室怎麼了？」我衝出浴室，指向某大神的手指不斷地顫抖著。

「忘記妳不喜歡花，可是都買了很浪費，所以乾脆拿來泡澡吧……」爵聳了聳肩，指了指一旁的垃圾桶，塞著一把快滿出來的花梗。

我恍惚地折回浴室，看著滿浴缸的粉紅玫瑰花瓣，我已經不想去想這傢伙哪來的錢買這些花了……我只知道這傢伙，真的是個敗家子啊！啊、啊——

從洗完澡要踏出浴室前，我一直告訴自己要冷靜面對接下來可能的狀況，但看來我的心理建設很難達成。

光是這動作我就在浴室裡多磨上近半個小時，直到外頭傳來爵的呼喊聲，我才懷抱著一種悲壯的情緒踏出浴室。

強撐的情緒，在看到爵端到我面前的盤子時，有了崩裂的跡象。

「……這是？」

「咖哩。」

我問他答，在他的解釋下我依稀可以判斷出這是咖哩，如果撇除掉它的醬汁是黑的、紅蘿蔔是黑的、馬鈴薯是黑的、肉塊也是黑的……我這樣說好了，材料上，它是咖哩沒錯，但外型我只能說是我沒有這慧根看出的「神的咖哩」。

我在爵的眼神威壓下，認命地舀起一口，深吸了口氣抱著大不了洗胃的想法，緊閉著眼，把湯匙放入口中吞下——

「咦？好好吃喔！」我瞪大了雙眼，看看那盤詭異的咖哩再看看爵。

聽到我這麼說，他很得意地露出笑容，「可別小看我了，哼、哼——」

「那你幹嘛要我煮？你煮得比我還好吃。」一口一口吞著，我的疑問有些含糊地冒了出來。

「我喜歡看妳在廚房裡為我忙碌的樣子。」爵偏了偏頭，這麼回答我。

我一愣，對於他剛剛講出的詞很訝異。

「會在意一個人，注意她的一舉一動，想知道她現在想什麼、作什麼，開不開心，看到她為自己作了些什麼會開心，喜歡她為自己忙碌的樣子……」

爵叨叨絮絮地細數著，忽然像是想到什麼似地，掌心一翻出現了一只小盒子。

呃……這畫面有點……我忍不住抖了下，往後退了退。

「欸——妳這什麼反應？乖乖坐好。」爵瞪了我一眼，我立刻僵在那邊，被強制定身看著他的動作。

「妳不喜歡人家一直聽妳心聲，可是這是我本來就有的本能我也很難控制，梅音說那就要藉助外力，喏——」

他掌心的小盒子裡，躺著一條銀色的項鍊，水滴狀的墜飾中鑲著顆小小的、流金色的寶石，「給妳，這個可以抵擋掉外來對妳內心的攻擊……」

我看著項鍊，喉頭沒由來地一緊。

而爵興致勃勃地解說了那條鍊子的功用，見我毫無反應，他大概是覺得我沒聽懂吧，立刻換了個說法：「簡單說就是，帶著它我就讀不到妳的心思。」

感覺放到我手中的盒子，散著燙人的熱，無形的窒息感還隱約存在，我含糊地發了個類似道謝的話語，卻一直遲疑著要不要戴上它。

「扣不到的話，我幫妳吧！」盒子被爵抽了去。

拿下那條鍊子，他撥開我的頭髮，解開鍊上的暗扣後為我戴好，細長鍊身貼在胸口的冰冷讓我一個激靈，回過神來。

埋首死命解決那盤咖哩，後來爵跟我聊了什麼、作了什麼，在我的閃神下是一片的模糊記憶。我只知道在關燈後我遲遲不能入睡，就是覺得貼在肌膚上的那一圈觸感格外的放大，很不舒服。

而等到好不容易終於迷迷糊糊睡去，我又作了個漫長的夢——

ch3

只南柯一夢

太陽像是不要錢似地拼命散發它的光和熱，牆面上的日曆微微翻動著顯示有風吹過，卻絲毫沒有涼爽的感覺。

時值七月盛夏，撥開珠簾的少婦，捧著一盤冒著淡淡霧氣、沁著水珠的切片西瓜走出廚房，溫柔地向外頭招呼著。

「小豆豆，來吃西瓜！」

隨著招呼聲，庭院裡的小小身影鑽過一叢矮灌木衝向窗邊，散亂的髮上還挾著幾片樹葉，小小身子上東一塊、西一塊的烏痕，像是剛在泥圈裡打了滾一樣髒兮兮的、笑開的小臉蛋，親暱地湊向少婦，撲了個滿懷。

「妳呀，又玩得髒兮兮的還踩壞習禹種的花，小心被他罵喔！」

對她的狼狽模樣沒有絲毫責罵，少婦只是輕捏了捏她粉嫩的臉頰，牽起她的手走向屋內，「我們先去洗手吃西瓜吧，習禹昨天帶來的，很甜喔！」

「吃光光，不要給習禹吃！」

小小手心緊握著少婦的手，小女孩蹦蹦跳跳地跟著走進屋內，一邊大聲宣告著，咯咯笑個不停。

「不給我吃什麼？我買的西瓜耶！小豆豆妳怎麼可以獨吞？」

另扇門打了開來，從後走出的男子很兇地說著，只是帶著笑意的臉，看得出來他其實根本沒在生氣。

「習禹壞，不給你吃！」

個子小小的女孩發出來的聲音很宏亮，從少婦的手裡被男子撈過來一陣撓癢，尖叫聲、笑聲夾雜著，好不歡樂。

跟著畫面乍然一轉，狹小的公寓裡，陰暗的牆面透著冰冷的灰白，一小塊用巧拼鋪出來的空間，小女孩坐在那兒跟自己手上的娃娃玩耍。

不一會兒娃娃自手中滑落，小腦袋仰得高高的，看著一旁桌前講著電話的女人。

長長的頭髮凌亂地綁成一束，繃緊的側臉跟牆上的灰白很相似，光影間透著不健康的色澤，眉頭深鎖地撥打著一通又一通的電話，憤怒的、哀傷的……最後轉至平淡。

停下動作的她，轉頭看向巧拼上的小人兒。

「郁郁，媽媽要出去一趟，很快就回來，妳一個人乖乖的在家等媽媽好嗎？不可以亂跑喔！」女人彎下身子輕輕地摟住她，幫她把散下的髮別到耳後對著她說。

小女孩乖巧地點著頭，目送著女人拎著包包踉蹌地踏出家門——沒再回來過。

畫面唰地又跳到另一個場景，一群小朋友嬉鬧的空地邊緣，小小的身影拎著灰樸樸的娃娃，蹲坐在角落。

婦人領著一男一女來到她身邊，有些高亢的聲音介紹著：「韓先生、唐小姐，這位就是習郁……」

眼前的畫面越轉越快、越轉越快，時序混亂地跳轉著……是夢吧？我想這是夢對吧！

可是為什麼，我好痛、好痛……

脖子忽然湧起一股燒灼的刺痛感，一圈一圈越來越向內收束，畫面停格在韓家大宅的某個房內，模糊的影子揪著我，隨著霧影的色澤越加濃郁，那股收束的刺痛感越來越強烈！

我聽見我的尖叫聲，由尖銳漸漸趨於微弱、無聲，揮動的雙手慢慢失去力氣，我快不能呼吸了！

救命……腦海只剩下這兩個字流轉，我漸漸失去了意識。

就在這時，有個聲音由遠至近，一點點、一點點的刺入我混沌的思緒，緩慢卻持續地梳理著我緊繃的情緒。

我漸漸聽清楚那個聲音說的話。

他說：「醒醒！小豆豆！那不是真的，妳只是作惡夢而已……呼吸，聽我的聲音，呼——吸——呼——吸——」

搖晃和拍撫中，那個聲音一遍又一遍不嫌煩地重複著。

我困難地從窒息感中搶回呼吸的自主，吸吐之間意識慢慢清明。

我猛然睜眼，是我的房間！

我一半躺在我的床上，一半躺在爵的懷抱中，而他的手……正在開我的釦子。

「你幹嘛！」我尖叫著，三步併兩步跳下床，死死揪著衣領、瞪著他。

這一揪，我愣住了……如果我沒記錯的話剛才我是在睡覺吧？

那為什麼我的衣服會濕答答的，就像剛從水裡撈出來一樣？

「醒了的話快換掉溼衣服，不然會感冒。」爵離開了我的床，把另一套睡衣拋給我，越過屏風走到外頭去。

我呆了好半晌，才注意到他是在留空間給我，匆匆換掉身上溼黏的衣物，脫掉上衣時撥動了頸間的項鍊，微燙的熱度又嚇了我一跳！

也不知道是不是我的錯覺？原本是流金色的墜飾怎麼現在看起來微微地泛紅？

「小豆豆，換好了就出來一下。」

外頭響起爵的聲音。

我趕緊把衣服扣上，換下的則丟到衣櫃旁的洗衣籃，走出房間。

爵開了盞位於廚房跟餐桌間的小燈，沖了杯麥片，看我走上前便把杯子推向我，示意要我喝下它，「妳精神太緊繃了才會作惡夢，喝點熱的、甜的再睡吧！」

我捧起那只冒著熱氣的馬克杯，小口、小口喝著，味道有點淡，是因為水加太多的緣故，可是心口和身體還是慢慢地暖了起來。

雖然我真的很不能習慣爵一下子變得那麼體貼，可是真的不能不說，有人這樣子對自己，是種幸福的感覺。

後來，我的確是沒再作惡夢，但卻無法制止那些時而陌生時而熟悉的畫面一直在腦海出現，斷斷續續又混亂交錯。

那是，另一種折磨……

「單習郁，妳在養熊貓？」陳謙禮話聲響起的同時，一個鋁箔包伴隨著朝我拋來。

我下意識地接住，是特調咖啡。

「喔──不用看啦，我哥叫我帶的。」

見到我沒有反應，他又補了這句。

我這才發現，一向晚他幾秒就會跟進做同樣動作的另個身影今天沒有出現。

「陳謙宇沒來？」

「發高燒在家休息。」陳謙禮聳了聳肩，拉開自己的椅子大剌剌地攤坐在其上，「很奇怪！他都燒到迷迷糊糊了，居然還會記得提醒我買咖啡給妳，我還在想幹嘛買這個？現在看看還真派上用場了。」

「那個……幫我謝謝他。」

有這麼神喔？我愣愣地看著手上的鋁箔包。

其實，他們送的東西如果推得掉我一般都不收的，可是人家連生病都要說買給我，這拒絕好像有點太傷人……想了想，我拆了吸管喝下，微冰微苦的液體滑入口中，還真的清醒不少。

只不過小小鋁箔包的效力其實也有限，撐了一、兩節課也就快頂不住了。

「欸──如果真的很睏就說一聲，我幫妳掩護，去保健室補個眠也行。」

我頻頻點頭釣魚，看得隔壁位子的陳謙禮都忍不住出聲了。

「那……麻煩了。」

意識越來越模糊，我的眼皮、腦袋好重、好重，含糊地接受了他的建議。

然後我的人就像消了氣一般，趴桌子了。

「老師，單習郁人不舒服我送她去保健室……」

耳邊還有陳謙禮模糊的聲音，我只覺得身子一輕，被人騰空抱起的些微晃動，像是輕擺著的搖籃。

我安然地閉上眼，放任自己陷入黑甜的夢境。

「……為什麼啊，為什麼要生下妳……」

門甩上的聲音，在狹窄的公寓裡回盪著。

打從進門後就再也無力撐住姿態的少婦，跌坐在地，緊緊摟著原先牽著的小女孩，痛哭失聲……

……我想這是夢吧？我像個局外人看著眼前這熟悉又陌生的一幕。

我不太記得這是什麼時候的事了，只記得大哭後的她情緒就此反反覆覆，恬淡的笑容，再也沒回到她的臉上，她越來越憔悴，總是要我乖乖的，要我聽話，等她、等她。

直到有一天，我再也等不到她回來告訴我：「郁郁要乖乖的，等媽媽回來。」

眼前被緊摟的小女孩•短短地手吃力地拍著少婦的背傳遞著安慰。

我忽然感覺到一股強烈的吸力將我向後拉走，痛得我眼睛一閉，再睜開卻是韓宅的花園。

「小豆豆，妳先在這邊玩好不好？媽咪進去找個人很快就出來，乖乖等我喔！」

笑開的臉親暱地湊在小女孩頰邊蹭了蹭，女人將手上剛買的玩具遞給她，輕拍了拍她的頭後轉身往大宅走去。

這我似乎有點記憶，好像是某次麻伊媽咪帶我去韓宅，我以為她要去找韓習禹，但她說不是，我本來想跟著不想被一個人放在一旁等，但麻伊媽咪苦笑著對我說，這個人很害羞，不太敢見太多人，所以最後我還是一個人等在外頭。

雖然有一堆玩具陪我，我還是好害怕、好害怕，哭得亂七八糟的。

「不要哭了，這個給妳。」

一把糖果出現在小女孩的面前，哭花的小臉蛋傻呼呼地抬起，看向來人。

這個小男孩……是誰？

又出現了跟記憶中不同的畫面，我還在遲疑、納悶之際，人又倏地一扯，又是另個畫面，一個又一個，換得越來越快！

我的頭好痛、好痛——

「單習郁……單習郁，醒醒啊妳！」

劇烈的搖晃，搖得我都快吐了！

「住、住手啦，我快吐了……」我極其痛苦地睜開眼睛，憤怒地瞪向兇手。

不說還好，一說我真的吐了。

「哇靠！」就站在我身邊首當其衝的陳謙禮被我吐了一身，酸臭味登時揮散開來，他的罵聲才剛響，我又被這股酸味嗆得……再吐一次。

「欸——妳！吐一次不夠妳還吐兩次啊！」

這回陳謙禮閃得比較快了，只是鞋面免不了被沾到一些。

他緊皺著眉頭瞪著直嗆咳的我，咳得眼淚花花的我在朦朧中，看到他轉到外頭又轉了回來，接著一個紙杯就遞到了我面前。

「剛吐完漱漱口啦！」

我還在傻愣中，紙杯已經被陳謙禮硬塞入我的手中。

他又轉了出去，拿了水桶跟拖把進來要整理地板。

正準備動作，他忽然想到什麼，唰地一下就脫掉身上沾著嘔吐物的制服上衣，「妳要賠我一件上衣。」

我呆呆地咬著紙杯，看著他回頭瞪了我一眼後，抓著拖把開始整理地面的背影，不知道該做什麼反應好……

「妳是不是真的很不舒服啊？搖妳幾下吐成這樣……」

陳謙禮先是把嘔吐物弄到畚箕上頭，再用蘸滿水的拖把在原本的位置來回用力地拖著。

這樣進進出出好幾趟後總算整理乾淨，提著畚箕連著那件髒了的制服走出去丟掉，掛著一身水珠回來。

「就頭很暈啊……」我咬著免洗杯的杯緣，忍不住在心裡吐槽，什麼只搖我幾下，他知不知道自己用的力道有多大啊！

我喝了口水，在嘴巴裡咕嚕嚕轉著，漱去口中的酸嗆後，正找著吐掉的地方，一只水桶推到了我面前，像是早有準備。
真的很意外，陳謙禮比我想得細心很多。
「抱歉喔，吐了你一身。」
漱完口，再慢慢喝了杯溫開水，那種不舒服感淡去很多，我看著忙進忙出的陳謙禮，真的覺得對他萬分抱歉。
「我說啦……賠我一件衣服就好。」他不甚在意地擺了擺手。
我們之間的對話，在他這句後有了片刻的冷場。
陳謙禮輕咳了咳，找了個話題：「話說回來，那個誰還住在妳家？不是找到新娘了嗎？」
我呆了下，才想到他再問些什麼。
「嗯啊，我也不知道爵為什麼找到新娘了還繼續待在我家……」
點頭、聳肩，我想到的是爵昨晚的舉動，安撫著從惡夢裡醒來的我，幫我換得一段安穩睡眠。
這不是第一次了吧……我記得很早很早之前，剛出現的他也曾經這麼溫柔地拍著我，直到入睡。
我突然發現爵跟陳謙禮真的有些微妙的相似，他們的體貼跟關心總是很不直接地給予，卻是發現了會忍不住微笑的那種。
「沒辦法把他趕走喔？什麼大蒜、十字架之類的……」

「那是對吸血鬼的吧！」

「說得也是……」

「欸——你不冷嗎？」

我們有一句沒一句的瞎扯著。

我抬眼看了看距離我幾步遠的陳謙禮，忽然想到這個問題，定睛一看，瞥見他肌膚上浮起細密的雞皮疙瘩，不免心虛了。

「這、這個給你披著吧……」

我抓著身上蓋的被單遞向他，卻沒發現被單一角被我給壓著，被我和陳謙禮這麼猛地一抽，我人一個閃神就往前跌！

還好某人反應快，趕緊接住我，卻被我順勢壓跌在地。

「對、對不起！」我嚇得驚呼。

「妳今天真的兩光、兩光的欸！妳。」陳謙禮一臉很無奈地睨了我一眼，拉著我站了起來。

「你的臉……」我瞥見他臉頰上多了道鮮紅，連忙抓著被單伸手去擦，頸間的項鍊被動作牽引著晃了下。

我低頭看著墜飾上沾著一點細細血珠，是錯覺嗎？

我覺得項鍊的顏色不太一樣了。

「妳買的項鍊啊？」我的動作也引起陳謙禮的注意，湊了過來，瞧著我從衣領內勾出的銀亮。

「爵、爵給我的護身符……」他驟然湊近的氣息噴在我的頰邊，嚇了我一大跳！

我才剛意識到我們現在的距離跟動作有點不大妙，這時候要是有人進來肯定會誤會，而接下來的發展，我只能說我真的是好的不靈、壞的靈，鐵口直斷的烏鴉嘴！

「單習郁同學、陳謙禮同學，你們是真的身體不舒服還是來醫護室約會的啊？」

突然打開的門、突然響起的聲音，這時候的我是什麼表情我無從得知，但我相信不會太好看。

而從來人的表情來看，我相信我接下來的遭遇，應該也不會很好過……

「你們兩個，跟我到辦公室來！」

面對這個意外又不意外的發展，我覺得我的態度轉變得滿順的，剛開始當然驚訝、當然害怕，可是隨著我們跟隨的腳步越來越靠近辦公室，我就平靜了。

頗有一種慷慨赴義的感覺——

而通常這種時候，爵的聲音應該會冒出來吐嘈……我都忘了，戴上項鍊以後他就聽不到了。

想著，我的手不自覺地抓了抓項鍊上的墜飾，怎麼忽然有點不習慣這樣的安靜。

「……理事長，你人在那正好，我想跟你討論一下關於單習郁的學習態度……」

我要跨進辦公室的腳步，因為裡頭班導的這句話瞬間定格，臉上平靜的面具有點崩裂。

「不用擔心啦，我會幫妳解釋。」

旁邊的陳謙禮給了句很有義氣的鼓勵，只是搭配他此刻光裸上身、一頭溼髮，衣衫不整的模樣，我個人覺得亂沒說服力的。

「報告！」

雙雙踏入辦公室的我們微低著頭，做出標準的「待訓」姿態。

「她今天早上出門就有點不太舒服，陳謙禮跟單習郁從小玩到大，互相幫忙很正常，所以我想，今天應該是老師妳誤會了……」

感覺有道目光從我頭頂掃過，定了一會兒才又移開，然後我聽見韓習禹說話的聲音，忍不住驚訝地抬頭。

他……在幫我找藉口耶？

而就像是在驗證韓習禹所說的，我人真的不舒服一樣，我忽然一陣暈眩，整個人又開始搖搖晃晃了。

在理事長辦公室的沙發上醒來——還真是個一點都不讓我意外的發展。

比較意外的是，我捕捉到，還沒發現到我已經清醒的韓習禹少見的嘀咕。

「麻伊，我忽然很好奇如果妳看到我看到的會是什麼反應？啊，妳應該會是很興奮的反應吧，可是我怎麼覺得有點打擊啊……看到小豆豆家裡走出一個男的，來學校又聽到她撲倒半裸的同學……」

等、等、等一下！這誤會大了！

聽到這邊，我沒法繼續裝睡了，趕緊坐了起來。

這突來的反應嚇了韓習禹一跳，又被我捕捉到這難得的一幕，我也沒能忍住，噗哧地笑了出來。

「咳、嗯！」韓習禹很快就恢復原本淡然模樣，除了眼角還有一些懊惱還沒掩去，「安分一點，別讓導師太注意妳。」

「喔！」我斂起笑容，乖乖點頭。

「對了，妳現在……跟人同居？」

我想韓習禹應該是有發現到我聽到他的嘀咕了，也沒拐什麼彎很直接就問了。

我在想如果此刻我正在喝水的話，我一定會幫韓習禹洗臉。

定義上沒錯啦……的確是同居，但對象……不是人。

我苦惱著該怎麼解釋，我不想騙韓習禹，因為麻伊媽咪說過，越是親近的人反而越是不能忍受欺騙，我們都有瞞過對方的經驗，就算後來解開了，可是在解開之前，真的很痛苦……

「算了……總之，妳好好照顧自己就好，真的有事不要瞞著……」韓習禹淡淡說道：「可以找我幫忙，不管怎樣，妳都是我很重要的人。」

我苦惱的模樣應該非常明顯吧……所以還沒等我找到說明的方法，他已經先幫我找台階下了。

我身上蓋著的毯子暖暖的，心也因為他的話暖暖的。

「你可以放心啦……跟那個人在一起我很安全。」

我笑了笑，講出去的第一瞬間還沒覺得什麼，聽到韓習禹的回話，我才發現到它的歧義。

「呃……雖然妳快成年了，但是……那個，我不是很想太快當伯伯。」

他又暗咳了幾聲，略略別開的頭有些不好意思。

「喂——你想到哪邊去了！小心我跟麻伊媽咪說你欺負我！」

本來想直接抗議不是他所想的那樣，不過在開口前我頓了頓，稍稍轉了一種方式，一種我跟他都很熟悉的方式。

韓習禹也注意到了，表情有瞬間的微怔，然後忍不住笑了出來，「還是一樣，動不動就愛告狀。」

衝著這個熟悉的笑容，我想，我釋懷了。

「假我請好了，明天一天好好休息吧！幫妳找藉口，妳還真的暈倒真是……」

我堅持不要跟他回韓宅。

所以韓習禹只能開車把我送回家。

他在樓下把我放下，拍了拍我的腦袋就走了，並沒有跟著我上樓。

……想想也是，這邊畢竟是麻伊媽咪之前住的地方，我想他還是有些不太接觸太深吧！

害怕觸景傷情吧……

我掏著鑰匙，手中的動作卻不自覺地有些停頓。

「小豆豆，妳回來了……」

肩膀驀地一沉，爵不知道什麼時候就在我身後，大剌剌的把腦袋就擱在我肩上，語氣好不哀怨。

「啊！」雖然很快就想到會是他，但突然被這樣一壓我還是忍不住驚呼了聲，伸手推開他那顆大頭，我專心地翻找著鑰匙。

喀噠！

爵的手指揮揮，特殊設計的門鎖就這麼開了。

「我好無聊好無聊好無聊好無聊……」

爵推著我往屋裡走，在我背後響起塑膠袋摩擦的窸窣聲。

我轉頭看見袋身上熟悉的圖樣，微愣。

「你不是去找梅音，還會嫌無聊喔？」

話出口時我自己都嚇到了，怎麼會那麼酸？

「找她跟無聊有衝突嗎？」

我被爵按在沙發上。

他打開塑膠袋掏出了一只小盆栽，「我剛剛去問她有什麼方法讓妳晚上睡得比較好，結果她連甩都不甩我，好不容易跟我講一句話，就是叫我帶這個回來。」

「我睡不好，你問她有用喔？」我愣了愣。

「咦？妳不知道喔，梅音家族對這些藥草什麼的很有研究啊！」爵回望我的表情好驚訝，看得我很想揍他。

最好我會知道這種事啦！

不想理這個，我把注意力轉到那只盆栽上，卻看不太出這是什麼，當然了我不是什麼植物學家，但是我還真的沒什麼看過有植物是銀色的，後天染色的嗎？

「這是什麼？」

「永生樹。」爵像獻寶一樣把小盆栽推向我，「這可是只有梅音他們一族栽種得來，很稀有的一種植物。」

「不懂，我沒聽過這東西。」

我搖頭再搖頭，心想這大概不是什麼人間產物吧……松樹、杉樹、櫻樹這類的我聽過，永生樹……我只想問你哪位啊？

看著上頭銀色的葉瓣，我腦袋莫名湧起一股衝動，控制不住就伸手摸了摸，看似柔嫩的它，在碰觸的瞬間忽然變得像刀子一樣鋒利，手指一陣刺痛，沁出鮮紅的血珠。

「欸——這個不能亂摸。」爵趕緊拉過我的手，伸指撫過我被刺傷的位置，癒合了傷口，「永生樹葉是有毒的。」

「你幹嘛帶個有毒的東西來我家啊！」恍然回神的我聽到他說這東西有毒，立刻就炸了。

「誰知道妳這麼好奇亂摸。」爵叩了我的額頭一下，拿著那個盆栽放到了我的床頭，「據說永生樹有抽取夢的力量，我不知道妳夢到什麼，不過如果晚上妳又作惡夢，它可以幫妳把惡夢抽走。」

「這麼神奇？」我愣了下，這訊息對我而言還真玄幻。

「所以永生樹很珍貴的。梅音讓我帶這個回來，看來她還滿喜歡妳的。他們一族可不輕易把這東西給人。」

爵拍了拍我的頭。「話說回來，妳脖子上的項鍊材料也是永生樹作的啊！」

「我才不想要她喜歡我咧……」我撇撇嘴，對爵的話很不以為然，沒想到他突然來這麼一句。

「你說這個也是？你不是講說這個是用來擋你偷聽我的心聲的？」

「對啊，怎麼了嗎？」爵回望的表情很茫然，好像這樣子問的我問了什麼笨問題一樣。

「這東西到底有多少功用啊……」把疑問嚥了回去，我吶吶地望著頸上的項鍊，再看看那只盆栽……算了，這太離奇了我還是不要多問好了。

「咦？是說小豆豆，妳今天怎麼這麼早回來？」

……先生，你會不會反應太慢了？

「我人不舒服——」我準備走進浴室的腳步，被爵慢很多拍的問題給絆住，很無力的轉頭。

話還沒說完，我整個人人猛地被一股力量扯了過去，一陣頭昏眼花後摔進自己的被窩裡，被蓋得嚴嚴實實的。

「不舒服還亂跑，快點休息！」雙臂交抱的爵，站在床邊瞪著我。

我有苦難言，誰亂跑了我是要去廁所！

這時候我忽然有點懷念爵無差別讀取心思的能力了，畢竟要我直接對他吼說我要上廁所，實在有些為難我。

不過我也沒糾結太久，半開的窗戶吹進一陣微風，吹動了那只盆栽，帶起一股淡淡的香味，聞著、聞著，我睡著了……

梅音說，我不能干涉妳恢復記憶，可是永生樹是有毒的……

恍惚間，我好像聽到爵這樣說著。

語氣，是我從沒聽過的哀傷……

ch4

逆轉的沙漏

「我喜歡妳……」
不知道是哪裡的庭院，高高的松樹下，兩個撿著松果的身影，縮小版的陳謙禮，忽然遮了一捧松果給畫面裡小小的我，而後彆扭地別開頭。
微微泛紅的耳朵，卻洩了密。
樹後冒出另一張同樣俊秀的小臉蛋，小小的陳謙宇也捧了一捧松果，同樣地對那個我這樣說著。
……這是夢吧，可是為什麼我覺得我有印象？
「欸——小豆豆，醒醒，過來幫我端那鍋湯出來。」
一陣輕晃，我眼前的畫面變成了爵，同樣穿著我那件可笑的粉紅滾白邊蕾絲圍裙，兩手各端著一個盤子。
我一直覺得很奇怪，明明我還有另一件素面的為什麼他不會去挖來用？
餐桌上是四菜一湯的組合，看似簡單卻是極其費工，我看著那道松子玉米，配色豐富又粒粒分明，天曉得這傢伙弄了多久。
「吃吃看好不好吃？」一碗白飯塞入我的手裡，對桌的爵笑咪咪地看著我的動作，看起來很是期待我的評語。
我舀了一勺，配著飯吞下，越吃越覺得以前這傢伙奴役我煮飯真的是找我碴來著……太打擊人了啊！
「好吃……」也不知道是不甘願還是怎樣，我說得很小聲，忍不住又想，其實這才是夢吧？

學校放假了，我還沒能來得及感嘆時間過得超乎我想像的快，因為我覺得我最近很像一種動物，除了吃，就是睡，昏昏醒醒又醒醒昏昏的……

是生病嗎？可是我除了愛睏之外也沒別的症狀。

我一口一口吞著飯，感覺空氣中又飄散起若有似無永生樹葉的香氣，我趕緊搖頭，甩去想睡的感覺。

說到那盆永生樹，隔天它就很神奇的消失了。

我曾經在隔天醒來後問爵，我睡著前聽見的話以及應該要在床頭卻沒有的那盆栽，爵給我的回應是有嗎，我聽錯了、我記錯了……

怎麼可能！

我明明就看見爵放在那兒。

風吹過還會帶起永生樹的香氣，淡淡地就像現在一樣……

咚！一聲，我聽見自己頭往桌子撞的聲響。

可是我忽然好睏、好睏……奇怪，現在的我到底是醒著？還是睡著的？

啊……又是那個場景。

我想如果是真實，那我可能真的從小就認識他們兄弟倆了。

可是很奇怪呀，我為什麼一點印象也沒有？

不過話又說回來，這些場景都是我有印象的，除卻多了他們的身影之外，都是我記得經歷過的種種……怎麼會這樣子？

小時候的我，其實滿常到韓家大宅的。

那時候沒去想，為什麼麻伊媽咪總是常常往這兒跑，後來才隱約知道了些原由，在她離開了之後。

在最後的最後，她的心願是希望我和韓習禹能夠好好相處，所以一直為此努力著，只是那時候的我們都忽略了這點。

「不要哭了，這個給妳。」樹下小小的我哭泣著。

穿過矮灌木叢的小男孩遞了把糖果給我——這畫面我夢見過但僅只有片段，今天卻忽然有了下文。

「你是誰？」畫面裡的那個我，問著這個我也很想知道的問題。

我知道他看起來像誰，但又直覺不是他。

「我是紳，不過這個身體的名字……我想妳還是叫我陳謙宇好了。」他的回答，出乎我的意料之外。

「為什麼你有兩個名字？」我茫茫然地開口。

畫面裡小小的單習郁，跟我問著同樣的疑問。

「呵——」小男孩的臉上出現了和年齡不符的笑容，把他手中那捧糖果放到女孩的手中，「我是藉由他來看看妳的。」

我露出了驚訝的表情，因為小男孩說話的時候並不是看著女孩，而是看著我的方向。

「很驚訝嗎？我看得到妳。」發現到我在注視著他，小男孩又笑了。

這時的畫面像定格一般，只剩我們兩個有動作。

「你是誰？」人在無法思考的時候，似乎會一直重複跳針，就像我現在這樣，又問了次同樣的疑問。

「我剛剛有自我介紹了，如果不清楚的話，我可以再說一次。」

小男孩笑咪咪地跟我對看著，頂著陳謙宇的臉蛋，我卻完全沒辦法認為他是他，「我是紳，跟現在待在妳身邊的爵來自同樣的地方，這樣，有比較瞭解我為什麼看得到妳了嗎？」

我總算能理解我很偶爾看著陳謙宇的時候會有的怪異感，是來自哪裡了……可是……為什麼……

「為什麼……你會出現在我的夢裡？」是夢吧？這是夢對吧？我記得我倒在桌上了，所以我是在作夢吧……

「嗯，你們的說法解釋這樣叫夢呀……這樣說不精確，或許妳該稱之為『記憶。』」名為「紳」的小男孩朝著我走近了幾步，抬眼看著我的頸間那抹銀亮，「啊，原來項鍊已經交到妳手中了，難怪妳能看到我，只是，似乎過早了。」

我的疑問隨著他的話越堆越高，只是他似乎沒有要幫我解答的跡象。

我想開口，卻驚訝的發現自己沒了聲音。

「雖然步驟有點亂，不過，還是先把屬於妳的記憶還給妳好了。」小男孩說著，雖然他比我矮了很多，但我卻看見他的手指奇異地點著我的額頭，散著淡淡的，就像是那天我看到的永生樹散出香氣時一樣的光芒，忽然又止住。

「時間不是很夠呢……下次吧，下次見面我再把記憶還給妳。」

紳的聲音忽然像是拉遠了一樣，越來越輕。

我的眼前突然一片漆黑——

「等一下！」我大喊的同時也睜大了眼睛，對上的，是不知為何在我面前放大的爵的臉蛋。

「啊！」毫不意外的尖叫反應，毫不意外地被爵手指一揮強制消音。

「小豆豆，妳吃飯就吃飯幹嘛突然咬著筷子呆著不動，然後一回神就大叫啊？」爵欺前的身子回到原位，一臉莫名地看著我。

手指再一揮，我的聲音回來了。

「咦？」

「咦什麼？妳吃個飯都可以恍神喔？」我的反應讓爵頗為不滿。

「沒啦……剛好在想事情。」我搖了搖頭，有點搞不懂剛才到底發生了什麼？

我覺得我睡著了，就像這陣子一樣昏昏沉沉的，躺下去就小睡一下這樣，可是爵又說我只是呆著不動……

「想什麼這麼專心？」爵像是被我勾起興趣的樣子，動作很迅速地瞬間閃到我隔壁的位子，湊了過來。

「想跟你……」據說是同一個物種的紳。

我的話還沒說完就被截斷，爵忽然把我抱了起來，笑得莫名開心，「哈，我就知道妳想跟我出去，走！」

「等、等、等、等一下！你哪來的結論啊?!」我拼命想抗議。

但，我想大家都懂的。

在爵的決定之前，我的人權就是個……欸……好吧，看來我錯怪爵了，畢竟他在最後的最後，還是有稍微想起我的人權存在的，雖然為時已晚。

因為就在他問完我要進去逛還是回家的下一秒，一道妖嬈身影來到我們身邊，直接幫我給回答了。

是的，爵把我帶到了市集，本來打算要拖我去找梅音，後來又想說還是給我抗辯的機會，只可惜，沒能開口。

「喲——這不是我們可愛的小豆豆嗎？」悅耳的輕笑聲響在耳邊，纖纖玉指跟著搭上我的肩膀。

那瞬間，我的雞皮疙瘩全站了起來，雖然我不知道我在怕什麼……

我含怨帶怒的眼神掃向爵。

他回以我很無辜的模樣，看得我一肚子的火燒得更盛。奇怪，不過幾天，我怎麼會忽然這麼想念爵可以聽見我心聲的時候？

天曉得！我現在已經在腦袋裡問候完他的祖宗十八代一百遍了啊！

「你帶我來這邊要幹嘛？」

既來之，則安之——不對，我要講的是既然來了，那就面對吧，讀不到我就直接講嘛！

所以，我問了。

「梅音，幫我看看她怎麼了？」爵沒回答我，只是把我往梅音一推，嘴巴還不斷碎念著：「妳種出來的永生樹不會是次級品吧，我記得之前燒來安神助眠效用滿不錯的，怎麼妳上次給我的效用才一點點。」

「喂、喂——放尊重點，我們一族的寶物我無償給你使用你還嫌。」

梅音狠狠瞪去一眼，然後拉過我左瞧右瞧、聞聞嗅嗅了好一番，才皺起眉，「怎麼味道這麼濃？」

「喂——那盆還剩多少，還給我看看。」梅音伸手朝著爵晃了晃。

爵動作很迅速地反手翻出了那個盆栽，詭異的是上頭空蕩蕩的。

「只剩這個了。」爵把只剩下填土的盆栽遞給梅音。

她的臉色變得非常難看。

我的臉色也很難看，爵不是跟我說沒這回事，那現在這盆栽又是怎麼回事？

「什麼時候只剩這樣的？」梅音的手搓了搓盆栽裡的餘土，同樣嗅了嗅。

「怎麼了嗎？」我納悶地問，不懂為什麼他們的表情好古怪？

「哎，也沒什麼啦……」梅音揚起了笑，對著我又是一陣打量，最後將視線定在我的頸間，「就是中了毒而已。」

啊！

梅音的口吻好輕鬆，就像是在談天氣一樣，只是這話聽在我耳裡根本一點都不輕鬆

「中毒？」如果此刻我眼前有面鏡子，我的表情應該很扭曲吧？

我轉頭看向一旁的爵，卻奇異的發現，他、他、他、他——他不動了。

「結界。」梅音笑咪咪對著我搖了搖手指，「最近作了不少夢吧，想起了些什麼沒有？」

她的態度，很明顯地就是不希望爵知道我們在講什麼，所以設了結界，而我脖子上的項鍊，也阻絕了爵對我心聲探讀的能力。

「吶——妳最好趕快想起來，他有那耐心我可沒有，早說過了不要干預，偏就為了報恩攪和下去，還拖累我……」

梅音嘀咕著，音量不大不小但足以讓我聽清楚她要講什麼，只是我卻越聽越糊塗，有好多好多疑問卡在腦袋裡，又不知道從何問起。

「看來永生樹對那傢伙的影響，只能讓他把東西帶給妳跟把妳帶來找我而已，嘖！怎麼偏偏遇上他們那族就這麼兩光啊，他是這樣爵也是……」

擺明了也沒想要幫我解惑的梅音，忽然伸手向我，覆上我的眼睛，「算了，反正那傻傢伙一次讓妳受了很多香氣，這樣我就可以多作點事了。」

我很想跑，卻不知道從什麼時候開始動彈不得，隨著梅音的動作我聞到很濃郁的香氣，各式各樣的，開始一點一滴的包圍住我。

他沒辦法受到我的暗示行動，但妳可以呀，這好辦了，反正目的不變就好了嘛——

我聽見梅音的聲音這樣對我說，意識卻越來越模糊。

搞、搞什麼啊這些人，你們想幹嘛都不用過問我這個當事人的嗎?!

我心裡憤怒的吶喊，可惜他們都聽不見。

「等一下！」大叫聲中我睜開眼睛。

眼前是爵極度放大的臉，我該有什麼直覺反應這大家都知道的……

「啊！」而爵的反應也毫不意外的，消音。

等一下……這畫面怎麼這麼的眼熟啊？

被剝奪發言權的我嗚嗚啊啊地努力表達抗議，卻也覺得詭異，我剛剛、我剛剛不是還在梅音那兒，被她設了結界，然後聞到了那個什麼鬼永生樹的香氣，然後、然後——

「小豆豆，妳吃飯就吃飯幹嘛突然咬著筷子呆著不動，然後一回神就大叫啊？」爵一臉莫名地看著我。

手指一揮，我的聲音回來了。

「咦？」怎麼這句話也好熟悉？

「咦什麼，妳吃個飯都可以恍神喔？」

爵看著我的表情很不爽，我一個激靈，總算想起這熟悉感來自哪裡了！

這、這不就是我跟爵出門前的場景嗎？

接下來，要是我說我在想事情，不會又要被拖去找梅音吧……

很下意識地抗拒說出那句話，如果真的是倒回同樣的場景的話，那我可不想再經歷一次！

只是想是這樣想，我的嘴巴卻像不是我控制一般，還是講出了同樣的話……死了……我忍不住閉上眼，等著悲劇重演。

「想我什麼？」

「咦？咦咦？咦咦咦？」

跟預想不同的對話出現，我驚訝地睜開眼瞪向爵，他滿臉莫名地看著不知道激動什麼的我。

「呃，我只、只是在想你幹嘛突、突然對我這麼好？」乍然轉變讓我真的意外了下，不過拜平常「訓練」所賜，恢復得很快。

我想好事應該不會常常有的，太詭異的問題我還是不要脫口而出得好，可是最詭異的就是爵他本人啊……猶豫了會兒，我想想還是問出了這個。

唯我獨尊的霸道鬼突然變成溫柔體貼好男人，這轉變……小的我真的不懂。

「對妳好不好嗎？」

爵單手托著下巴，看著我的眼神很專注，「妳給我看的參考不都是這樣子寫的？」

「……是、是沒錯啊，只是你作、作起來就感覺怪怪的……」我忍不住嘀咕，感覺爵的視線冒出火光，我趕緊補救，「呃，我的意思是說，可能你不太適合這路線吧……」

而且，我想梅音應該也不太需要溫柔好男人，雖然滿互補的，但我由衷認為還是狗咬狗一嘴毛這劇本比較像你們在演的。

我暗想著，手也下意識地摸摸項鍊，還在……爵聽不到真好！

「嗯，我自己也覺得很不舒服，可是妳好像喜歡這種的，我只好勉強配合一下。」看過抽掉支撐瞬間傾倒的牌塔沒有？我眼前就有一個真人演示版的。

爵本來很端正的坐姿瞬間恢復之前我剛遇到他那時候的模樣，什麼深情溫和，瞬間跟蒸發一樣，連個影都沒有。

「咳——我哪有說我喜歡這種的？」也不知道為什麼這樣的爵讓我自在多了，我的結巴也好了。

「妳很多地方都透露這個訊息啊！」爵指了指我房間，又指了指我的腦袋，「雖然現在聽不到，但我之前可不是白聽的，還有妳那一堆書，我可是全都看完了。」

「啊？你、你什麼時候動我的書了？」

「妳睡著的時候啊！」爵回答得很理直氣壯。

我才想抗議，卻被他接下來的話堵了回去，「妳最近都睡得不是很好，睡一睡就作惡夢一直哭，非要人家抱著妳哄妳睡著，我就只好抱著妳免得妳作惡夢時傷到自己啊，那反正無聊，我又不是很需要睡眠，所以就拿妳的書看。」

「什、什麼時候有這種事？」我的眼睛瞪得大大的，不知道該說什麼話好，臉蛋染上了深深的紅暈。

我想到這些日子以來，讓我從尖叫攻擊到後來習慣無感當空氣的早晨例行公事……背後原因不會是他說的這樣吧？

「大概是……我來妳家沒幾天後開始吧，有陣子妳睡得滿好的，不過，這陣子妳又開始作惡夢作個不停，精神很差，我還去找梅音幫妳用助眠的草藥，結果也沒什麼用。」

爵的身子越過了桌子，伸指戳上我的額頭，「一個小孩子想這麼多有的沒有的幹嘛，沒聽過日有所思夜有所夢？」

我還在愣著爵這番有問必答又嘮叨叮嚀的怪舉動，他的下個動作又讓我傻了。

「走，出門。」

他一把把我拎著踏出大門……不是路線改了嗎怎麼又繞回來啊?!

只是我內心的悲鳴，爵大人他聽不到。

我又一次站在市集裡，對上梅音似笑非笑的打量，想問這到底都什麼事，但又覺得不會有人給我解答……

「又經歷一次，不同回答但還是同樣結果的感覺怎麼樣呢？」

微冒著熱氣的杯子推至我面前，梅音笑咪咪地對我說著。

一分鐘前爵被梅音打發去買東西了，方式不同，但的確還是走到了爵聽不見我們對話的路線上。

「……妳以玩弄人家為樂？」

我瞪著梅音笑得很開心的樣子，真的非常、非常的不爽。

很了不起嗎？有能力可以把人家的一切搞得亂七八糟很了不起嗎？我不知道爵有沒有參與，但我確信眼前的梅音肯定動了什麼手腳。

「好說、好說，我也是受人所託辦事而已，都是必經的步驟，更何況……」梅音吹開杯上淡淡的茶沫，笑臉有瞬間的猙獰，「這也是妳欠我的。」

……我欠她的？梅音的這番話讓我微愣，而後哭笑不得。

我才認識她多久啊？怎麼可能欠她什麼了？

「妳想太多了。」

我是真的這麼認為的，我可想不出來我跟她之間有什麼過節存在，總不會跟我說我搶她男人吧……等等，不會是這樣吧？

腦海閃過讓我自己都覺得可笑的理由，卻也讓我呆住。

跟爵相處久了以後我得到的一個結論是，真的不要把他們這種人的智商高估太多，那會很累，有時候他們比你所能想像的還要單細胞思考。

可是不對啊……當初，梅音才對我說過要我去讓爵懂得怎麼喜歡之類的，那讓我莫名其妙的一大堆提議，現在都還在我腦袋裡面轉咧！怎麼可能會是這個原因？

「內心戲演完了可以換我說話了嗎？」

一個彈指，梅音打斷了我的思考，豎瞳微瞇，「答案不是妳想的這些原因，但也可以說是，只是以妳的智商我也很難告訴妳完整的經過，所以，我直接讓妳親身體驗比較快。」

笨的人，用身體記憶就好。

梅音的這句話是直接打進我腦袋裡的。

我忿忿地瞪向她，她仍舊是捧著杯子啜飲的模樣。

「話都妳在說，我什麼都不知道妳不覺得就這樣判我死刑很不公平嗎？」

聽著我的抗議，梅音忽然放下了杯子，「是呀，都我在說的，但是，妳要跟我討公平……老實說，妳還沒這個資格。」

我忽然有股異樣的感覺，梅音是在對我說話，但是又好像不是在對我說著的樣子，因為，她並沒有在看我。

「所以，我一直作惡夢是妳害的嗎？」也不知道為什麼我很討厭這種被她明顯無視的感覺，非得問點什麼逼她回應我不可。

「惡夢？妳也太高估我了，我可不是夢魔、夢魘那類的，管不到那邊去。」本來也沒認為她會明確回應我，但沒想到梅音還真的回了話，「說過了，我只是受人所託，把妳的記憶還給妳。

有人把妳的記憶寄放在我這兒，為了延後某件事情發生的時間，為了減輕那件事情的傷害，所以製造了讓可以幫忙妳的人和妳相遇的機會。妳真是好大的面子呢！小豆豆小姐，那傢伙從沒求過我，居然就為了妳求我這麼一次。」

梅音的手指挑起我的下巴，逼我跟她對視著，「不過我的耐性實在有限，所以我動了點手腳，讓它轉得快了些，之前那些呢……只是必經的步驟以及讓妳習慣的過程而已。不能太明顯被某人發現，我也是很辛苦的。」

我想梅音說的每一個字我都懂，可是為什麼組合在一起我卻什麼也不理解呢？

「小豆豆……欸，醒醒，妳怎麼又睡了？」

一陣搖晃，我眨了眨酸澀的眼睛，有些茫然地看了看我面前揮舞著手的爵，再看了看四周，嚇得往後一晃，摔下椅子。

怎、怎麼又回到家裡了?!

「我、我怎麼回來了？」我剛剛不是還在市集裡跟梅音說話嗎？

「我才想問妳呢，我剛剛不過離開一陣子，妳怎麼就睡翻了？梅音說妳身體沒問題，可是我覺得妳怎麼動不動就睡死啊？」

爵抱怨了好一陣子，把他剛才多麼辛苦，才把睡死的我從梅音那兒背回家的經過說給我聽。

「我又睡著了？」完全沒有在我記憶中留下印象的經歷，讓我一陣發毛，到底……又發生了什麼？

「梅音還有跟你說什麼嗎？在我睡著的時候又有發生什麼嗎？」我從地上跳起，撲向爵緊緊抓著他的衣服猛搖著。

「沒啊，她就叫我好好照顧妳而已……」我激動的模樣讓爵很是莫名，「小豆豆，我不在的時候妳們有講什麼嗎？不然妳怎麼這麼奇怪？」

「我哪裡奇怪！她才奇怪好不好！」

我暴跳著，猛力推開爵衝向窗邊，抓起垃圾桶瘋了似地把窗台上的小盆栽全數掃進垃圾桶。

陶瓷相互撞擊的清脆聲響，響遍了整個屋子。但光是這樣好像這樣還不夠，我開始翻找著屋內所有可能跟梅音有關的東西，統統丟掉！

手抓上了頸間的項鍊，我奮力想把它扯下，然而鍊身繃得死緊壓在後頸上，痛得我迸出了眼淚，但我還是死命的扯，即使知道自己怕痛得要死。

爵從我反常舉動的呆愣中回神過來，上前要阻止，但是，他的法力忽然對帶著項鍊的我起不了作用，最後他只能用自己本身的力量，把我給緊緊抱住。

「小豆豆，妳在發什麼神經啊！」我奇怪的舉動讓爵忍不住大叫。

被他緊摟住的我忽然感到一陣刺痛，而後湧上一股不知從何而來的力氣，我又一次推開他，抱著自己的腦袋亂吼亂叫著：「走開、走開，你不要碰我！都是你害的，都是你都是你都是你，你出去、出去，不要找我，給我出去！」

尖叫最後終結在一陣劇痛跟瞬間取代意識的黑暗中。

我到底怎麼了？爵的疑問好像又傳入了我的腦袋裡，但是，我說不出答案……

我也想知道我到底……怎麼了？

而現在究竟是夢還是什麼，我無從判斷了。

陽光從半開的窗簾間射入屋內，打亮了沒開燈的整個空間。

我眨眼，左看右看，似乎少了些什麼。

放眼所及，看不見那個我覺得應該存在卻不在的身影……

「爵？」我提高了音量喊著，整個屋子卻空蕩蕩的，毫無回應。

我記得昏迷前我對著他大吼大叫著要他出去，因為在他抱著我的那瞬間，我忍不住就想起了跟梅音的對話，想起我最近的不舒服，就失控了……

……難道，爵真的離開了嗎？

我掀開被單，匆忙要下床出去尋找他的身影，觸地時劇烈的刺痛，讓我跌坐在地。

有小塊碎瓷片扎在我的腳底板，汩汩留著鮮紅的血，看得我呆了好一會兒才想到它的來由。

我掃落的一堆盆栽，大概是打掃時遺落的吧！

忍著痛拔出了瓷片，我一跛一拐地往外走著，傷口比我想像的深和痛，才走沒幾步，我又跌倒了。

淚意隨著痛楚湧上了鼻頭，混合著忽然找不到爵的慌亂，我沒忍住大哭了起來。

「我之前趕、趕你都不走的，為、為什麼現、現在你就不見了啦……」

抽抽噎噎的，我不知道為什麼一瞬間我變得好難過，就像很多的委屈累積著一次爆發一樣，哭得上氣不接下氣，幾滴眼淚滴到腳上碰到了傷口好痛，哭聲變得更淒厲了。

忽然，一聲喀噠聲響起，我滿臉眼淚鼻涕地看向聲源，大門被推了開來，是爵。

「哇——小豆豆妳又怎麼了？怎麼坐在地上哭得那麼慘？」

顯然是被我現在的樣子給嚇到了，爵怪叫著跨大步走到我身邊蹲下，瞥見了我腳上的鮮紅，「咦？怎麼受傷了，我不是把碎片都掃乾淨了？」

「嗚哇——」看見爵之後所湧上的複雜情緒又引發了另一波想哭的衝動，我撲了過去，抱著他放聲大哭。

哭還不夠，我的手用力地搥著他的背、死命地罵：「王八蛋，你是討厭鬼啦……嗚……王八蛋……」

我好生氣、好難過，好想發洩，但我到底是氣什麼？又是難過什麼？疑問夾雜著眼淚滾落，我找不到一個所以然，最後還是只能用哭的，就像嬰兒一樣，把一切情緒化作眼淚。

「好啦、好啦，我討厭可以了吧，小豆豆妳別哭了啦！」我突然的大哭，讓爵有些慌亂地拍著我要安撫卻成效不彰。

然後他也急了，於是——啪嘰！

清脆的聲響很熟悉地響起，比什麼安慰詞都來得有效。

我原本不受控的眼淚瞬間收住，瞪大了眼睛轉頭看向發出聲響的方位，那邊，本來有個橘色的、方形的，名稱叫做桌面立燈的玩意，現在只剩下電源線了……

「可以聽我講話了吧？」爵皺著眉把我的臉扳了回來，直接用袖子就在我臉上胡亂一陣抹。

布料在臉上粗魯摩擦的觸感拉回我嚇傻的理智。

一回神，我又想哭，但在爵充滿殺氣又混雜無奈的眼神下，壓了回去。

「有話好好說啊……哭什麼。」爵一把把我抱起放到沙發上，手指勾勾叫出了收在櫃中的急救箱，看了看，又揮揮手指把它退了回去，然後突然用雙手捧起我受傷的腳。

「你、你幹嘛？」我才找回的舌頭跟語言能力，被他的動作弄得又是一陣結巴。

「藥都過期一年多了妳都沒換啊……真不知道妳怎麼過的，這樣，我不在妳要怎麼辦？」淡淡的光芒從爵的雙掌中冒出，包住了我的腳，傷口漸漸收住了血，像變魔術一樣慢慢合起、不見。

「你會離開？」很驚人的畫面，但我卻無心去管，只注意著剛才爵的話。

「妳不是很想趕我走？」爵哼了聲，把處理好的我的腳輕輕放下，「剛剛又哭成那樣，妳們女生真複雜。」

「我、我哪有。」忽然有些慌亂地不太敢看著爵，我匆匆別開頭，又偷偷轉了回來，「你要離開了嗎？」

跟爵住在一起那麼久，他不是第一次提到會離開，早在一開始他就說過的，找到新娘他就會走了，而他也的確找到梅音了，那麼「離開」這件事，是必然會發生的吧……

我心口驀地一揪，因為想到這個必然。

奇怪，我本來不是很希望他離開嗎？

「小豆豆，妳這表情很醜欸！」爵看了看我，魔爪一伸就是對我的兩頰一陣亂捏亂揉，「放心，沒那麼快，妳忘了啊我答應妳三個願望的，我這麼守信，當然要說到做到。」

「明明都是你強迫中獎……」

爵的話讓我心情瞬間由陰轉晴，可忽然又覺得自己這麼明顯的開心，會讓爵太得意，硬是多補了這麼一句，只是別開的臉忍不住嘴角微揚。

ch5

恆久的預言

在那晚之後，似乎只能用「天堂地獄」來形容我接下來的生活概況……

之前那個走新好男人奇怪路線的爵不見了，雖然這樣有點自虐嫌疑，但，我還真的不得不承認，還是這個霸道、跋扈愛找我麻煩又很愛耍賴的爵我比較習慣。

唯一的差別是，某人也不再老是對我張口討飯，（雖然我還是煮飯婆的命），不過，偶爾爵也會鑽進來幫個手，或者乾脆由他料理。

不變的是每回外出補貨時，他活像要把整間店搬走的無差別採購法，還有全然無視我哭泣的荷包，堅決要某某高級物或是想要什麼就非得買什麼的模樣……

「不管，紅豆、奶油跟高麗菜我都要！」

「我今天帶的只夠買兩個，你選一種。」

「好吧，那奶油跟高麗菜好了，小豆豆妳要什麼口味？」

「就跟你說只夠買兩個了。」

「我有給妳卡啊！」

「你想我揍你就直說，最好我可以刷卡啦！」

「那我跟妳平分好了。」

「你們兩個感情很好呢，婆婆我好久沒看到像你們這麼甜蜜的小情侶了。」

紅豆餅攤的老闆娘，把剛出爐的餅裝在紙袋裡後遞給我，忽然來了這麼一句，讓我為之一愣，才想開口解釋，卻忘了要接過袋子，就這麼落了下去。

「婆婆，你這樣誇她會害羞的，你看她連東西都忘記拿了。」一隻大手很迅速地接住了下墜的紙袋，爵笑咪咪地湊了過來跟老闆娘閒聊著。

美色誤人啊！美色誤人！

揮別了熱情的老闆娘，我捧著多出的一份奶油跟高麗菜紅豆餅，身旁跟著啃著紅豆餅啃得正香的爵，真的只有這句感言，居然被他聊到買一送一啊！

「幹嘛亂接話啦！」我瞪了過去，「誰跟你是情侶了。」

他的沒有解釋讓我有一點莫名的小開心，卻又有股說不上的鬱悶。

「又沒關係，大家都開心就好了。」爵聳聳肩，「快點趁熱吃啊，紅豆餅冷掉就不好吃了。」

「什麼沒關係，你有新娘欸沒關係……」我嘀咕著，開始小口、小口咬著自己那份紅豆餅。

滿滿的奶油從咬開的餅身擠出，甜滋滋的有些燙口，我才拿遠一些吹著氣讓它降溫，爵的大頭忽然湊了過來，一口咬下。

「喂！」

他幹嘛搶我的啊，他自己也有啊！

「奇怪，妳的看起來比較香比較好吃的樣子。」莫名搶食的爵自以為很有理地嚥下那口，又繼續大口啃著他自己的。

「有家室的人，不要那麼亂來好不好！」我氣呼呼地舉腳往他踹去。

但爵大人是何許人也，動作萬分靈敏地閃過我的攻擊之餘也沒忘記他手中的食物，一口一口啃得非常香。

「什麼叫有家室的人？」吞完最後一口紅豆餅的爵想起了我剛剛的話，提問。

我甩了個白眼給他，這傢伙裝什麼傻啊！

「你不是有新娘了，這就叫有家室啊！」

「喔！」爵似有所感地點了點頭，然後像是聊天氣一樣忽然天外來了一句：「可是，梅音不是我的新娘啊——」

我按電梯樓層的動作一滯，僵硬的脖子緩慢地轉向他，電梯鏡子上倒映出來的我的表情，是我從沒看過的扭曲，但我的語氣卻是萬分的平靜：「你剛剛說什麼？」

「梅音不是我的新娘。」爵配合度很高的又重複了一次。

我轉回腦袋，按下了17樓的按鈕，電梯緩緩上升的中途，我們沒再作過任何一句交談。

直到回到家中，我走到了隱藏式櫥櫃，打開，拿出了掃把再轉身——

「王八蛋你耍我啊！」

「啊——被發現了嗎？」

如此這般這般的插曲在這假期的白天不定期上演，雖然情緒波動會很大，但比較起來，我還是寧願白天長一點的……

或者該這麼說，如果可以，我希望不要睡覺。

我對於閉上眼睛失去意識後的發展，懷著莫名的恐懼。

這種感覺很怪異，人家常常說睡醒了記不得夢過些什麼，但我卻是清清楚楚記得我夢境裡的每一件事，是因為都是我曾經經歷過的緣故嗎？這感覺，像是翻閱一本已經看過的小說，只是以前是概略的看過，而現在卻是一頁頁、一行行，一個字一個字的仔細嚥下，然後在每天睜開眼睛後會發現，它跟原本記得的東西相互打架！

我搞不清楚什麼是我記得的，什麼是我夢到的……

更糟的是這些往往都是毫無順序的，有時候我整晚只夢到一個場景、一個畫面；有時候則是不斷的轉換，爵說我睡睡醒醒的，但我卻毫無印象。

因為我只覺得我閉上眼再睜開，就是另一個白天，其中有醒過嗎？我完全不知道。

「……好恐怖。」

咬著湯匙，又一次在早餐中，爵抱怨我睡覺不安份吵得他也睡不著。

我抗議說我沒有，他乾脆拿出用相機錄影的片段給我看，畫面裡的我忽然劇烈的抽搐，時而嗚咽啜泣時而大吼尖叫，卻同樣的無法辨識我說了些什麼，有時會自己突然靜下來坐起然後又躺回去睡，一陣子之後又重複剛才的動作，直到爵把我像是鎖死一樣摟住，才會稍微安定一點。

我吶吶地看著這段幾乎吃掉整張記憶卡容量的影片，不知道是我睡著被偷拍的這件事恐怖，還是原來爵說的是真的這樣比較恐怖。

「小豆豆，如果妳真的很難安穩的睡，要不要……」

「不要！」

爵開口要問，我想也沒想的就打斷。

我知道他要說什麼，這也是我覺得恐怖的地方，好像不只是我的記憶被混淆了一樣，爵似乎一直認為梅音給的永生樹對我的睡眠有益，老是想要找梅音拿來給我點來安眠。

他記得我摔碎了梅音給他的所有盆栽，但是他不記得那次，他帶回永生樹盆栽後發生的事。

說不記得也不太精確，應該說，他不記得其實永生樹盆栽放在我床頭的當晚我還是作著夢，而且反應比任何一次都激動。

這都什麼跟什麼啊！

「可是妳這樣都睡不好，我也都被妳吵得不能睡，抱著妳才會安份點……」

爵皺著眉像是苦惱著什麼一樣，忽然賊兮兮地看著我，「小豆豆，妳不會是希望我抱著妳睡，所以——」

「神經病。」

我氣呼呼地抓起碗裡沙拉上頭裝飾的小蕃茄就往他丟去，爵反應靈敏地張嘴接住，邊嚼臉上還是那副欠揍的笑容。

「哎呀，小豆豆害羞了！」

「害羞個鬼啊，我還害喜勒，吃早餐啦你！」

一陣瞎鬧後沖淡了些許關於這件事帶給我的灰暗，但是隨著漸漸接近睡覺時間，擔心的壓力也與時劇增著。

「妳看起來很慘欸！」肩膀被人輕拍了拍，我從回想中恍然回神。

陳謙禮單手插在口袋，在我面前站定。

我茫然了一會才想起來現在是什麼狀況，都忘了今天跟陳家兄弟檔有約，他們找我跟爵在收假的前夕一起去逛夜市。

「呃，真的很慘嗎？」陳謙禮一見面就來這麼一句，讓我忍不住摸了摸臉。

不管怎樣我也是個女的，總是會在意外觀什麼的這種問題。

「嗯，放假前像睡不飽，現在像根本沒睡覺。」陳謙禮毫不猶豫的猛點頭，看來我的狀況真的很糟糕。

「欸，妳不會是每天都被那傢伙荼毒吧？」

這問題聽起來滿正常的，但不知道為什麼我又覺得有點糟糕味存在。

所以，我沒管住我的手，就很直覺地往他手臂用力一巴，「你、你亂講什麼啦？」

「欸——妳怎麼亂打人！我哪有亂講什麼了。」陳謙禮被我打得很莫名，吼了回來，手威嚇性地舉起。

「喂，欺負小豆豆幹嘛？」一隻手橫過我眼前揪住了陳謙禮舉起的手腕，拎著剛排回來的飲料折返的爵一過來就看到這動作，立刻伸手抓住，我隱約聽到了有什麼碎裂的前置聲音，趕緊伸手要爵冷靜。

夜市這邊的燈泡很密集的，這爆下去可不得了，不是鬧著玩的。

「那、那個，陳謙宇呢？」為了打破這僵局，我趕緊扯開話題。

「喔——他今天出門前忽然不舒服，我媽叫他別出來了，最近流感盛行。」陳謙禮聳了聳肩，解釋了只有他一個人出現的原因。

「他最近好像常常生病喔，幫我跟他說多多保重……」這話有點難接，我只能很應酬性的補上祝福。

「對啊，也不知道搞什麼，也不是身體很差的那種人，可是他最近動不動就發燒，整個假期睡得比醒得多……」

陳謙禮的嘀咕傳入了我的耳裡，沒由來地在我心版上不安地敲了下。

這是巧合吧？

「嘖，我肚子很餓欸，你們還要站在這邊聊多久？」

大概是我跟陳謙禮的對話一直把爵排除在外吧，他忍不住出聲抗議了。

人聲鼎沸的夜市裡，我們三個人邊吃邊玩邊逛著，一個假期有很多很多的話題可以聊，這個晚上，就在我跟陳謙禮的交換心得以及爵不甘寂寞的猛打斷插話中，拉開序幕，話題軋不上的爵在我們總算聊了個段落後，找到了方式回敬被冷落的不爽。

射氣球、打彈珠、丟飛鏢、套圈圈……幾乎要把夜市裡所有遊戲全玩遍一樣，他們一個比過一個遊戲，在旁邊觀看的我就此化身為人體置物架，看著他們遊戲後一個又一個的戰利品往我手上堆，糖果餅乾、汽水飲料、娃娃或是小玩具，什麼通通往我這兒堆就對了。

「喂！」

在左邊塞來一隻海綿右邊一隻派大星的夾擊下，我受不了的大叫，氣呼呼地瞪著鬥得正歡的爵跟陳謙禮，卻氣不了幾秒鐘，忍不住笑了。

多希望，時間就停在這一瞬間，不要走了，好不好……

夜市遊的歡樂還在心裡迴盪，卻在準備上床睡覺的瞬間急踩煞車！

然後因為反作用力，彈得遠遠的。

「小豆豆妳還不睡？明天要開學了耶！」發現我呆站在床邊，爵忍不住出聲提醒。

「……這句話從你口中說出來怎麼怪怪的。」我一陣惡寒，這種睡前「溫馨」叮嚀路線是怎樣？

「嘖，難得關心妳怎麼都不配合一下啊小豆豆。」爵的大掌往我後腦杓一巴，然後拎起我的後領就把我往床上拋，一陣搖晃之後被單撲頭蓋上，我掙扎了老半天才得以探頭逃出生天。

「喂！你要悶死我喔！」

其實很睏了，一沾床瞌睡蟲就湧了上來，可是對於睡著後的未知恐懼，一直盤據在我腦海，讓我下意識地就抗拒著不想睡。

「……好啦妳別想太多，我會陪著妳，幫妳趕走惡夢可以了吧！」

「幹嘛對我那麼好……」爵的輕哄讓我的心跳有些慌亂地漏了拍，一股不自在湧了上來。

「不想我對妳好啊小豆豆。」睨了我一眼，爵的看向我的表情寫著妳找虐？

「……會誤會的。」

我小聲嘀咕，又想到了梅音，心情就更灰了點。

「睡覺啦！」爵拍了拍我的頭，一陣亂揉。

我感覺有股暖意從他的掌心緩緩傳遞著，倦意漸漸湧了上來，幾乎是幾個眨眼間，我的意識已經迷迷糊糊了。

隱約中，我又嗅到了那個香氣，掙扎著想告訴爵，想抗拒睡意，但眼皮就像上了膠一樣怎麼也睜不開——

香味驟地轉淡，我好像又隱約感覺到爵輕撫著我頭髮的感覺，耳邊有個我聽不懂的語言呢喃著段旋律，重複再重複，一遍遍地順平了我的不安。

……不要對我這麼好啊，真的會誤會的……意識斷線前我不斷這樣對自己說著，可是，這樣說之後，真的就不會誤會了嗎？

我想，早在我這麼說的同時，我已經誤會了。

極其難得的一夜安眠，我大概已經很久沒有像今天這樣一覺醒來精神飽滿了，心情非常的好，好到表情都控制不住，以至於一到學校，有人就給我嚇到了。

「……妳中邪啊？笑成這樣。」一道含糊的、悶悶的聲音從我旁邊響起，我轉頭，陳謙禮戴著大口罩，把包包往桌上一甩，長腿在坐下的同時也擱到桌上，我的桌上。

會不會太隨性了這位先生？

我伸手推開他的腿，瞪了一眼，「中獎了喔？」

「被陳謙宇傳染的，他感冒加重害我也遭殃。」說著，陳謙禮又是一陣咳。

「那你幹嘛不一起請假？」我皺了皺眉，看他咳成這樣好像挺嚴重的。

陳謙禮瞄了我一眼，想要說什麼，喉頭的癢感又湧了上來，一陣亂咳後才啞啞地回了句：「要妳管啊！」

不管就不管嘛……秉持著不跟病人太計較的想法我沒再跟他頂嘴，不然他越講越咳越嚴重我很像在造孽，上課鐘響後我就把隔壁的他當空氣，當然，我還是很有道義的，在他昏昏沉沉快拿臉蛋直面撞桌前扶住他，幫忙報告老師送保健室。

都發燒了還要硬撐……

退出醫護室的我看看錶，這時間回教室應該也差不多下課聽不到什麼，這樣想著，我也就放緩了腳步慢慢走。

「小豆豆。」

經過樓梯時突然響起的叫喚讓我微愣。

「陳謙宇？」轉頭看見來人，我更呆了。

一個應該在家休息的人，怎麼會突然出現在學校？

「喔，我是陳謙宇……」

也不知道是我聽錯還是怎樣，陳謙宇忽然發出了聲極淡的嘀咕，然後，抬起因為生病而有些蒼白憔悴的臉對我笑了笑，「開學快樂。」

「陳謙禮不是說你生病，你怎麼還跑來學校？」陳謙宇的話總讓我覺得怪，但一時之間，我又說不出哪裡怪怪的。

「我其實好得差不多了，只是還有點使不上力，家裡就叫我多請一天的，只是稍早我覺得有些不大對勁所以來學校看看，真的該請假休息的是禮。」

我了然的點點頭，指指醫護室的方向。「他剛剛在教室快昏倒了，發燒的樣子，現在在那邊吃了退燒藥在休息。」

疑問泡泡在心裡滾啊滾的，這種說不上來的感覺讓我好難過，直到看到陳謙宇接下來的動作，我才發現哪邊不對勁。

明明我已經指了陳謙禮在的方向，明明陳謙宇是說他來看看陳謙禮的狀況的，可是為什麼他現在毫無動靜？而且，他怎麼會叫我小豆豆？

頂著一連串發現到的疑問，我看著站在我面前的陳謙宇，沒由來地後退了幾步，拉出警戒的距離。「你真的是陳謙宇？」

這問題有點笨，但我忍不住還是問了；在我雜亂得分不清是現實是夢或是個人妄想的記憶裡我記得有另一個名字也同樣鑲嵌在這張臉上。

「妳很聰明呢，小豆豆。」

漫長沉默像是一把無形的刀擱在頸間凌遲，看不見卻清楚體會到那股極其難受的不安，然後陳謙宇忽然又對我笑了笑，復而抬起的還是那張臉，看在我的眼裡卻是另一個感覺。

「我是紳，很抱歉目前只能以這個樣子、這種形式跟妳見面，好久不見了，小豆豆。」陳謙宇，或者我該稱呼他為紳的傢伙單手在胸前彎舉，對我行了一個禮，重新向我打了招呼，只是那內容……

怎麼感覺很適合接一句「還記不記得我？我小時候抱過妳呢！」這種久違親戚拜訪台詞的感覺？

「呵，妳跟以前一樣可愛，太好了。」紳是沒有真的跟我想的一樣接出那種話，但同樣是句讓我只能用乾笑作反應的發言，接不上話。

「抱歉讓妳的生活一團亂，不過，這一切快結束了。」

一陣打量後，紳繼續說著我搞不懂的話，我茫茫然地看著他，完全猜不出他想做什麼。口袋裡的手機忽然振動起來，我愣了下，向紳示意了下暫離的眼神，又多退開幾步才接起電話。

意想不到的事情像點燃的鞭炮一樣接二連三炸開來，我怎麼也沒想到，會接到韓夫人的電話，而且，還要我單獨去韓宅……

這讓向來是透過韓習禹才跟那裡有所接觸的我有些懵了。

『可、可是我還在上課。』我有些遲疑地想推拒，但是12點的下課鐘聲就像存心打我臉一樣在此刻響起，響亮得不容忽視。

開學日上課半天的學校規定，掛名學校理事職位的韓夫人也知道的……更何況我的理由真的很爛，真要上課我怎麼接手機啊？

絞盡腦汁在想婉拒的理由，雖然那次跟韓夫人的單獨對談打破了很多原本的隔閡，可是經年累月對她的恐懼還是隱約存在，下意識想躲開。

肩上忽然被人輕點了點，我轉頭納悶地看著不知道什麼時後走到我身後的紳，他笑了笑，無聲地用嘴型對我說了句：「答應她。」

不懂為什麼紳會忽然這樣對我說，但隨著他無聲的話語，我像魔怔了一樣如實地重複著，直到電話收線，才猛然回神。

「你！」想起剛剛發生的事，我狠狠地瞪向紳。

「抱歉，我動用了一點力量。」紳歉然地對我笑了笑，神情驀地轉為嚴肅，「只是，妳必須去一趟那裡。」

「為什麼？」

紳肯定的語氣讓我不解，他似乎知道很多、很多我搞不懂的事情。

「那裡是一切的開端和終點，有些事情最後還是必須面對的。」說著這話的同時，紳露出了帶著一點傷感跟無奈的笑容。「請放心，一切都會好的，在那件事之後，一切都會恢復的……」

紳的話像是種催眠，聽得我愣愣地點頭，隱約間，我好像又聞到了那股香味。

再次回神後我發現我已經呆站在韓家大宅的鐵門前，遠端遙控的安全鎖打開，我一步一步往屋子走，不安隨著距離的接近逐漸增長，我忍不住回頭看了看跟在我後頭的紳。

「你、你說會陪我的喔！不、不可以跑掉。」結結巴巴的語氣讓我直想咬掉舌頭，到底慌什麼呀妳單習郁，不過就是進去「家裡」而已……

「嗯，我會陪妳。」紳笑笑地對我點點頭，始終跟我保持著兩步的距離，不進不退。

屋裡已經有人等在那兒準備領著我上樓了，說也奇怪，他們好像看不到紳一樣，也沒招呼也沒詢問，只是領著我上了二樓，很快的又不見人影。

而我慢半拍的想起，怎麼沒見過這個人？

「是習郁嗎？進來吧！」

舉起的手還未接觸到門板，裡頭就已經先響起聲音，我忽然有股不安湧上，遲遲不敢扭開門把。

這時候我的背忽然被人輕推了下，門也不知道為什麼自己打開來，被推往前的我就這樣順勢進了門，門板自己喀噠扣上的聲音讓我忍不住嚇到而驚呼出聲，屋內佇立在窗邊的纖細身影也聞聲轉過頭來。

我心裡的異樣感，隨著韓夫人轉身的動作越發猖獗。

我是醒著的吧？沒錯亂吧？為什麼不久前看到癱躺在床上瘦弱蒼白的韓夫人，此刻就像變了一個樣？健康了很多、豐潤了很多，也年輕了很多……就像是很早之前，我知道的那個韓夫人。

嚴肅而冰冷，拘謹的打扮撐起一股壓迫感捲向我，我沒有太多跟她單獨相處的印象，只知道每次她看到我總透著一股毫不掩飾的厭惡，而現在，那股厭惡感更加強烈了。

只是，那時候不是……和好了嗎？我忍不住退了幾步，撞上門板才猛然驚覺——紳呢？

「是習郁呀，長這麼大了，變漂亮了呢……」她款款走向我，長長的裙襬在地毯上磨蹭出細細沙沙的碎響，對於漸漸逼近我的她下意識地想閃躲卻動彈不得，只能怔怔地看著韓夫人，讓那抹著鮮艷蔻丹的指撫上我的臉，由額際、眉尾劃過，臉頰一陣刺痛，她的手用力地捏住我的臉蛋，目光瞬間噴出了忿恨。「就長得跟那女人一模一樣。」

……到底，怎麼了？

韓夫人這串完全出乎我意料的動作讓我嚇傻了，回神後第一件事就是想奪門而出，門把卻像鎖死一樣紋風不動，我看著她的手再次伸向我，下意識就往旁邊一閃，亂了重心的雙腳像打結一樣，跑沒幾步就跌坐在地。

恐慌取代了思考，我已經沒辦法去想到底是什麼狀況，只感覺到韓夫人濃厚的恨意步步進逼而來，只剩下一個念頭——跑。

「這麼緊張作什麼？受傷了多讓人心疼，當初只是稍微扭個腳，就讓他牽腸掛肚的，我的習禹從樓梯摔下來，裹了半個腦袋的紗布，他卻只來看過一眼……」

韓夫人像在對我說話，卻又好像不是，明明看著我，但我卻覺得她在看著的，其實是別人……

「但為什麼要有妳呢？既然我都容許妳待在他身邊了，為什麼還要給我難堪？」手腕被緊緊箍住揪起，我痛得直皺眉，還沒回神就被猛地一甩，撞上了桌沿昏了過去。

『小豆豆，抱歉呢……』

迷迷糊糊間，我聽到了紳的聲音，想質問他為什麼不見了，但是卻毫無回應。

腦袋劇烈的刺痛，又是如同雜亂交錯著失了順序的幻燈片一樣，我佇立著看著面前一幕幕閃過，這次我沒了存疑的違和感，像是個放空的殼子，被動的一一收存著這些亂掉的影像，重新編排好——

然後是這一幕，從我開始不停的間歇昏睡與惡夢反覆裡最常看見的一幕，我被韓夫人壓在牆面雙手緊緊掐住脖子的痛苦掙扎，每一次每一次都有些許的不同，現在，我終於發現哪裡有異了……

那個被掐住的我，從最一開始的小小女孩，漸漸、漸漸跟現在的我重合——

劇烈的疼痛瞬間刺入腦袋，我勉力睜開眼睛，眼前跟剛剛看到的場景一模一樣，只是，夢不會痛，而我現在好痛……

入口的空氣漸漸稀薄，好像又快失去意識，但我知道，失去意識就完蛋了；我死命地抓拉著韓夫人的手，她的力氣大得可怕，我的抵抗好像搔癢一樣絲毫不能撼動她半分，反而因為這樣讓自己的窒息感更深了。

「為什麼還要多了一個妳……是呀，沒有妳就好了，對吧……對吧……」

使力而猙獰的臉上拉開一抹癡迷而恐怖的笑，韓夫人掐著我的雙手又更加大了力氣，甚至把我給揪離了地面。

「救……命……」徒勞無功但還是盡力的掙扎著，我努力想保持住清醒，這時候驚訝的發現剛才看不見也喊不著的紳不知道什麼時候站在韓夫人的後頭，看著我。

『我不能改變，只能延後，然後看著它發生，真的很抱歉呢，小豆豆。』紳的臉上寫滿了歉疚，身影轉瞬即逝；我想問，想說話，但燒灼疼痛的喉頭擠不出任何聲響……

爵！爵呢？爵可以救我的吧！

看見紳讓我想到了爵，說不出話，但是用想的他可以聽見吧——

那條項鍊！

想起讓爵再也不能探讀我心思的東西還掛在頸間，我不再抓著韓夫人的手臂要掙脫，改而扯著項鍊，努力想扯斷它。

好痛，真的好痛，眼淚鼻涕已經完全不受我控制地流了滿面，逐漸失了氣息的面孔透著青黑，項鍊，為什麼扯不斷啊……

救命……連聲音都發不出來的我，只能一直重複再重複在腦海裡想著，忽然好後悔，被爵聽到心聲又怎樣啊，如果沒有項鍊，他一定會來救我的。

如果沒有項鍊……

脖子上的桎梏忽然消散，我像散架娃娃一樣跌回地上。

昏迷的前一刻，我好像看見了……爵。

ch6

幸福搖尾巴

我揉了揉額際，試圖在一團混亂的飄飄然意識裡整理出一點什麼……

對了，剛才我才在鬼門關前打轉，呃……我是踏進去了還是離開了？彷彿還隱約感覺到那股窒息的、熱辣辣的疼痛，我伸手摸了摸脖子，幾乎是剛碰上肌膚就痛得我直抽氣……

只是好像少了什麼？頸間驟然缺少的觸感讓我低頭，項鍊不見了。

爵？

我發現到這個後的第一個反應就是想找他，可是，我什麼回應都聽不到。

一遍一遍喊，我想起他說過如果我心情不好會斷訊，所以我努力想些讓自己開心的事，可是、可是……

臉上一片溼潤，為什麼他還是聽不到啊？

意識又清明了些，可是眼睛眨了再眨我還是看不清楚我現在在哪……韓宅？還是某個我不知道的地方？

『小豆豆……』

爵？

腦袋忽然刺入一道呼喚，我的喉嚨痛得發不出任何聲音，只剩下無聲的唇瓣開闔，我開始原地打轉著找尋聲音的來源，又慢半拍的想到這是直接傳入腦袋的聲音而停下動作。

是你嗎？

『抱歉……』

道歉的話語一出口，我認出來了，心情也隨之沉了下來。

原來找到我的，不是你嗎？

紳，你騙人！你說會陪我，可是剛剛為什麼你不救我？

我想他跟爵、跟梅音都一樣，應該都是可以聽到我想的，我的喉嚨好痛，說不出話。

『抱歉，這件事我只能旁觀不能插手，我干預得已經太多了。』我感覺到我茫然捕捉不到方向的眼上被覆上一隻大掌，帶來微涼的氣息。『現在沒事了，沒事了……』

等一下，什麼東西沒事了？疑問還在腦袋，我搞不懂紳說的意思。

『我必須暫時跟妳說再見了……有機會，我們會再相遇的。』

紳並沒有回答我的問題，眼皮上的微涼感驟然消失，我張嘴要喊，脖子忽然像火燒起來一樣劇烈的疼痛——

「小豆豆，小豆豆……」耳朵傳入急切而熟悉的呼喚，我猛地睜開眼睛，刺眼的白光讓我忍不住又瞇起眼，不過別於剛剛的模糊，現在我可以清楚看清我所在的位置了。

白色和綠色的統一色調，陣陣入鼻的消毒水味，我是在……醫院嗎？

「太好了，妳終於醒了……」

還沒看清身旁發聲的人我就猛地被抱個滿懷，透過身體接觸傳來的陣陣顫抖顯露了他的慌亂不安，我忍著脖子快爆炸的疼痛努力轉頭看去，是韓習禹。

發現是熟悉的人，我稍稍放鬆了點，痛感在這時又湧了上來，害我倒吸了口氣。

「現在是……我……怎麼會在這兒？」我不是應該在韓宅？

「妳這笨蛋！要回韓宅為什麼不跟我說？為什麼自己一個人跑回去？」韓習禹略略鬆開我，眉頭還是緊緊皺著。「如果我沒有臨時回家一趟，妳們……」

他的欲言又止拉回了我中斷的記憶點，努力從喉嚨擠出破碎沙啞的聲音。「韓、韓夫人呢？」

「她一直都在療養院，怎麼了嗎？」雖然幾不可聞，但我還是捕捉到了韓習禹的嘆息，只是更令我注意的是他的回答。

療養院？怎麼會，韓夫人不是一直、一直都在韓宅嗎？

還想問，可是喉嚨痛得說不出話來，我抓了抓他的胳膊，瞥見他腕錶上的日期數字，愣了下，激動的想把問題表達出口，只是張嘴發出的盡是嘶啞。

「小豆豆妳冷靜點，妳喉嚨傷得很重，別再講話了！」

韓習禹壓下我胡亂揮舞的手，一遍一遍重複著直到安撫下我的情緒，他從床頭櫃取來一枝筆跟一本便條紙放到我手中。「妳把問題寫出來，別開口讓喉嚨好好修養。」

現在，是什麼時候？我昏迷了很久嗎？韓夫人什麼時候去療養院的？……

筆在紙上書寫沙沙作響著，我焦急的想知道答案，問題滿滿的塞在腦袋裡，但手指沒什麼力氣，寫不了幾個字，又草又亂的，甚至連筆都握不住，掉到地上去。

慌亂逼出了眼淚，抽泣牽動了聲帶好痛，讓我的眼淚掉的更急。

「別慌，小豆豆，慢慢來，我一定會回答妳，妳不要緊張……」韓習禹撿起了筆重新放回我的手中，拍撫著我的背安慰著。「妳昏迷了快一個禮拜，我媽她這幾年身體跟精神狀況都不好，半年前開始就住進療養院了。」

可是……

我在韓宅見到她，還是她掐著我的脖子的。舉筆正要寫下，我忽然一愣。

韓夫人是韓習禹的媽媽，也是這世界上他所剩無幾的親人之一，如果告訴他這個，他會很難過吧……而且，他一定不會相信的。

你知道我為什麼會受傷嗎？

停頓的筆劃去了那兩個字，我重新寫下問題。

「有人闖入家裡偷竊，妳那時候剛好出現在那兒，他們被妳撞見所以想滅口，如果不是我剛好回到家……」

我怔怔地聽著韓習禹的說法，很合情合理，卻跟我所知道的完全不一樣。

話說回來，爵呢？

我愣愣地摸了摸脖子，頸上的項鍊真的不見了，所以，剛才跟紳的對話應該是真的，那這樣的話，爵應該可以跟我聯絡了呀？

只是，不管我在心裡喊了多少次，毫無反應，怎麼喊都沒有還是一樣的一片平靜。

習禹，你有看到爵嗎？

我在紙上寫著，我記得習禹也看過他的，他知道的吧？

「爵？他是誰？妳是想找陳家那兩個雙胞胎嗎？」

韓習禹看著我的表情好茫然，這時病房的門忽然被打了開來，幾道身影隨著推著推車的護士走了進來。

「韓大哥。」

走在前頭的陳謙宇向韓習禹輕點了點頭，復而轉身拉過走在他後頭的另抹相似身影，「害羞什麼，單同學醒了，你不是一直在等著要看人家？」

被驟然推前的身影踉蹌了幾步才站定，陳謙禮彆扭的表情映入我眼裡，總算有個東西是我熟悉而不變的，讓我忍不住扯了扯嘴角。

「……會很痛嗎？」陳謙禮回頭瞪了陳謙宇一眼，轉回的臉還是一樣死板著的彆扭，含糊了好一陣才把話清楚說出口，我才張嘴，他立刻抓起我的手把紙筆重新塞到我手中。「不要講話，用寫的！」

說不痛一定是騙人的……你感冒好了嗎？

我的回覆讓陳謙禮的嘴角古怪地扯了扯。「妳怎麼知道我感冒啊？那時候妳不是還在昏迷？」

又是有所出入的記憶？我還想對話，還想問的更詳細，護士小姐卻伸手打斷了。

「抱歉，病人才剛清醒需要休息，我現在要幫她換藥了，能麻煩各位男士稍微迴避一下嗎？」

那隻橫隔過來阻止我繼續動筆的手，不知道為什麼帶起一股我很熟悉的香味。

香味，又是香味……我覺得我痛恨起這種味道了，聞到它就沒好事。

韓習禹等人在護士的淨空要求下離開了病房，我怔怔看著他們離開，陳謙宇在此時忽然回過頭看了我一下，我微愣，他對我眨了眨眼，還沒反應過來，門板已經關上了。

「甭看甭猜了，妳覺得是誰他就是誰。」香味隨著話語濃郁了起來，我轉頭，表情跟見鬼一樣。

真的是見到鬼，方才圓臉甜笑的護士小姐一個轉頭就變成了梅音，護士服都變成了她招牌的寬袖長袍！

「嘖、嘖——這種反應真叫我傷心，虧我還是好心來幫妳醫治的。」

梅音挑了挑眉，走近我的床邊，長指撫上我慘不忍睹的脖子，「哎，我沒啥耐心看妳寫字，先讓妳可以說話算了。」

我愣愣地看著梅音的動作，絲絲涼意從她的指尖竄入我燒灼的喉嚨，緩和了疼痛，好一會兒後，我發現喉嚨不再那麼疼痛了，試著發聲，雖然還有點啞，但明顯好多了。

「到、到底發、發生什麼事……」我抓住梅音的手，她絕對知道些什麼。

「果然是要問這個，這麼直接。」梅音撇了撇嘴，拉開我的手放好，纖指繼續在我的脖子上比劃。「真是暴力，我這麼多年才做出一個精品就給我這樣炸了，當初還是千求萬求我才肯割愛的耶……」

梅音手比的位置正好是之前項鍊墜飾的部位，說到項鍊我又想到爵，才被拉下的手又抓了上去。

「爵呢？妳知、知道他在哪嗎？」

「緊張什麼，一個一個問題慢慢來呀，別出力，妳現在能說話只是暫時的，太超過小心以後真的連話都不能說了。」梅音睨來一眼，我乖乖地放開了手。
「吶，項鍊沒了，收走的記憶也應該都還給妳了吧！你們怎麼解釋的……喔，夢境。這些日子妳把它們整理清楚了沒？」梅音把手從我的脖子挪開，從袖裡取出一個又一個的瓶子。
「麻煩，什麼都要我收尾……」
我茫茫然地看著梅音的動作，聽著她的嘀咕。
見我沒回應，梅音美眸一掃，目光像刺一樣飛來，「不會吧，都沒搞懂？我放這麼慢速度給妳吸收了耶……」
「可是，妳在講什麼我真的搞不太懂。」我被她瞪得有些害怕地縮了縮。這不能怪我啊，她唏哩呼嚕的說了一堆，都什麼跟什麼啊！
「這麼沒慧根。」梅音啐了聲，暫時把她的瓶子揮到一邊去，手指戳上我的額頭。
「我要是不找那個傢伙算帳我就跟他姓！」
涼意刺入我的腦袋裡，我很難形容這到底是什麼感覺，很像被人灌水從頭到腳直接沖刷一遍，打散所有東西，然後再一一拼貼回去，然後這過程，我都有所感的……好痛！
等到梅音的手離開我額頭時，我滿臉眼淚鼻涕地跌躺回床上，整個人有散架的感覺。
淚眼朦朧裡看到梅音微笑的嘴角，我忍不住想，這其實是她挾怨報復吧！是吧是吧！
只是等痛感過去，我很驚訝的發現，有些不一樣了。
那些當時覺得像旁觀的影像，現在可以清楚的回想，而且每個片段我都能捕捉到它是存在發生過的感覺，不會覺得衝突了。

怎麼會這樣？我瞪大了眼看向繼續搗鼓著瓶罐的梅音。

「這是妳原本的記憶，還給妳然後洗去原本替代的假象而已，大驚小怪。」袖子一揮，那些瓶瓶罐罐全數收進了袖裡，只剩下一個小小瓶子。「喏，最近可能會有些後遺症，畢竟永生樹對妳來說也算是種毒，碰久了總會有些問題，這個妳每天沾一點抹在脖子，懂嗎？」

我呆呆地接過，還是有點不太適應這變化。

「好啦，最要緊的正事辦好了，現在來幫妳解答吧！」

梅音轉換話題的速度只在眨眼之間，她款款落坐在一旁的會客沙發上，衝著病房門口張嘴喊了聲：「喂——別躲了，又不是醜得不能見人，自己造的孽自己出來解答。」

門沒動，門口的方向卻憑空浮現淡淡的霧氣，慢慢凝出一道修長身影，微長的黑髮偏左束成一束垂在胸前，和梅音一樣穿著古式的長袍，很瘦，帶著淡淡的草葉香氣，隨著他走近的動作逐漸濃郁，有著一張溫潤儒雅的臉，帶著淡淡的笑容，幾乎是一瞧見，我就想到他是誰了。

「紳。」雖然我所遇見的他都是帶著陳謙宇的外表而不是現在的模樣，但我很肯定，是他。

「妳好呀，小豆豆。」又是同樣的行禮方式，他的動作已經回答了我。

「到底發生了什麼？那件事是真的嗎？爵呢？他人在哪裡？」

不想再拖延了，我一口氣把所有最想知道的問題全問了出口，講得太急，差點咬了舌頭，痛得我忍不住嘶嘶吐著舌頭。

「這些，我必須要從很早之前說起。」紳笑了笑，伸手向我，「介意，我再請妳夢一次嗎？」

毫不遲疑的，我伸手握住他的手，在他的氣息包圍下，沉睡。

「你說你叫紳，是神族？哇——我叫麻伊，請多指教。」

場景是某個庭院一角，一名年輕女子趴在擺設的石桌，瞪大了雙眼看著一旁樹上的年輕男子。

「是的，妳可以看得見我？那看來我們很有緣。」

男子自樹梢上躍下，手彎舉在胸前，對著她行了個禮。「那麼，可否請妳幫我一個忙？」

「好啊！」

在女子笑咪咪地應允後，他自袖中取出了一只卷軸，綠色的絲線在上頭打了個很別緻的結。他把它遞向她的方向。

「我是來找一個人的，但是她對我出了些問題，要我回答出來才肯跟我走，我解答了很多個，唯獨這一個我解不出來，她說，要我解答出這畫的意思。」

卷軸展了開來，是幅簡單的、帶點連續性的小塗鴉。畫中有隻貓，彎著脖子追著自個兒的尾巴打轉，累了、暈了，索性不再追咬著尾巴，重新邁開步伐往前走，那條尾巴搖搖晃晃地就在後頭甩呀甩的。

女子噗哧一笑。「幸福就像貓跟牠的尾巴，越追越像傻瓜，忘記了只要往前走，幸福就會跟著你了……大概是這樣子的意思吧？」

「呵，原來如此，難怪她問我對幸福有什麼看法，然後丟了這個給我。」

「她在暗示你幸福其實就在你身邊喔！」她咯咯笑得燦爛，把卷軸重新捲好遞還給他。「快去找她吧！」

「謝謝妳，我想回報妳的幫忙，請問妳有什麼需要我幫忙的嗎，能力所及的地方都可以。」他又行了個禮，這麼對她說著，而她婉拒了，說自己很幸福，並不缺少什麼。

「那麼，請好好保存著，哪天妳需要我幫忙，請一定要告訴我，讓我幫忙妳。」

「……哎呀，我們又見面了呢，你是紳，對吧！原來，我那時候救的貓咪是你呀！」

蒼白的病床上，面容虛弱的女子輕輕對著窗戶方向揮了揮裹著重重紗布的手，雖然憔悴，但笑容還是很燦爛。

窗台上的貓咪漸漸霧化後進而浮現一道身影，髮絲有些凌亂，頰邊還有幾道擦傷瘀痕，不過和床上的她對比起來，他的傷似乎不算什麼。

「妳知道那是我？」他的神情有些複雜，看著病床上的她，裸露在外的肌膚幾乎都覆上了紗布，就連揚著笑的臉蛋上也滿是傷痕，而他也知道，傷並不僅只於表面所看到的這樣。

「不知道呀，我只是覺得這麼可愛的貓咪要是被撞上太可憐了，很衝動吧，剛剛習禹才臭罵我一頓，對了，習禹是我男友，他也是很可愛的人喔！」即使滿身是傷，她還是笑嘻嘻的。

「還記得我跟妳說過的嗎？妳可以對我提個要求讓我幫妳達成的，而且，妳救了我一命。」他的目光望向她被單覆著的腹部，醫生宣告過的診斷他也聽見了。

如果這麼作肯定會違反禁忌，但他想她會受傷是因為遇到本來不會遇見的他導致，沒有從她的記憶裡拔除掉，是他的疏忽。

「哎呀，不用了。」她順著他的目光注視的方向看去，臉色有瞬間的怔然，手默默地撫上，卻還是給了拒絕。

他們的緣份，出乎他意料的深厚。

這次，他們在梅音的攤子上又碰上了面，說也奇怪，明明每一次他都是以不同面貌出現，但每一次她都可以準確的認出他。

「是紳呀！」

她燦爛地笑著朝他揮手，懷裡抱著一個很可愛的小女孩，吮著手指正睡得香甜。

感覺身旁的梅音有些不悅地忽然勾過他的手臂擁著，罕見地宣示主權，衝著這點，衝著三次巧合的遇上和她的認出，讓他動了跟她結為朋友的念頭。

他們成為無話不談的好友，連本來對她帶點敵意的梅音，都不甘不願地承認如果是她那自己可以勉強接受他們往來。

光憑她可以引起梅音吃醋這點他覺得就夠有趣了。而幾年的相處下來他知道她有多疼愛那個當時抱在懷中酣睡的小女孩，幾乎心心念念的都是她，尤其是在發現到自己日子所剩無幾的時候。

「哎，別那麼沮喪嘛，我沒有怪你提前告知我啊！反正，總會有這一天，只是我比別人早了一點而已。」她還是笑得那麼燦爛而坦然，即使是在他一時脫口而出預言了她和懷中小女孩的死。

「可是，小豆豆還那麼小，我希望她好好的……」

第一次，他看見她一貫燦爛的笑變了質。

那次受傷之後，他看出她再沒有辦法有孩子，所以，後來聽到她向自己介紹這是她的寶貝時，他不免好奇地探查，卻赫然捕捉到一個預言，那在他的心裡壓了個印，當他們聊著時他忽然想起，一時閃神竟然就把這不該出口的脫口而出。

「吶——你說過我可以向你提出請求對不對？」

她輕輕拍著玩累了趴在腿上的小女孩哄著她入睡，女孩聽不見她們的對話，小手揪著她的衣襬睡得好甜。

「嗯……」這次她主動提及，他很明白她想提出的要求是什麼。

「不要露出這麼為難的表情嘛，這樣我很難接著說……」她苦笑，「你有辦法讓她避開嗎？避開你說的預言。」

他微頓，然後搖了搖頭，「我的能力可以探讀預言和記憶，但是以我的能力，我沒辦法扭轉生死。」

「這樣啊……」她嘆了好長一口氣：「真的毫無辦法嗎？如果，可以讓她遠離，讓她盡量不要靠近這裡，是不是就能避免？」

「可以遠離，但發生只是時間早晚……」忽然一個靈光閃過腦海，他想到了什麼。「麻伊，妳可以很明確的向我許願嗎？把妳剛剛所說的，向我許願。」

眼前畫面漸漸模糊，我眨了眨迷濛的眼，睜開，場景已然回到了病房。

紳放開了跟我交握的手，淡笑，「我答應妳的母親，延後了那一年發生的這件事。」

他看著我滿佈瘀痕的脖子，這麼說著。

「只能延後，不能改變……神其實也不是萬能的。」紳無奈地搖了搖頭，指了指我的腦袋，「所以，我藉助實現約定的漏洞做了一點小手腳，製造了改變的可能。」

我愣愣地看著紳，動手腳？他的意思是指我的記憶嗎？

「嗯，只有讓妳遠離那裡，才可以讓妳不那麼快接觸到發生的那天。」雖然我沒問出口，但紳似乎已經從我心裡讀到而回答。「只是當她離開那天，約定的束縛力就減弱了，不過，轉機也在這時候出現。」

「呃……可、可不可以講得白話一點？」

我邊聽，還是抓不著半點頭緒。這些人，講話一定都要這麼繞嗎？

「簡單講就是爵找來啦！」

在一旁聽著的梅音沒啥好氣地插了句，我本來以為她在兇我，可是看她的目光，明顯是在瞪著紳，「一肚子彎彎繞繞壞主意，哄我把珍貴的項鍊給你當儲存物，又故意留下尾巴，讓他們派人來糾正你，結果你倒好，裝小孩子裝得很歡嘛，人全跑我那兒了，我還莫名其妙成了人家準新娘咧！」

隨著梅音高亢拔尖的嗓音，我的病房內颳起一陣怪風，吹得梅音長髮衣袖翻飛，臉上寫滿怒氣，那雙漂亮的眼眸又成了束心狀。

這、這又是什麼狀況啊？我不懂為什麼解釋到一半梅音就發起飆來，但很明顯現在這狀況，我是絕對不適合發言的。

可是她剛剛說了什麼……梅音說，她成了人家準新娘……可是她不就是爵的新娘了嗎？慢半拍想起這句的我瞪大了眼，上一秒才想著不適合發言，下一秒就脫口而出：

「妳不是爵的新娘？」

「我眼光有這麼差嘛！」梅音殺氣騰騰地瞪來，我嚇了好大一跳，腦袋往後一縮撞上了床柱，痛死我了。

「梅音，不要這樣嚇人家。」紳輕笑了起來，忽地伸手拉過一旁整個炸毛的梅音，摟進懷裡，「我忘了跟妳介紹，小豆豆，這位就是我的尾巴。」

「誰你的尾巴啊！」

我淚眼汪汪地看著他們的一搭一唱，我怎麼完全感覺不出來紳有記得要跟我解釋這個的跡象？不過他們這樣講我明白了，他們才是真的一對。

那爵呢？爵跟我說的也是被捏造出來的假記憶嗎？

「好了，我們還是繼續講正經的吧！」紳像哄小朋友一樣摸了摸梅音，摟著她回沙發坐好後，又轉向我，「剛剛我們說到轉機，對吧？

我的能力不能改變，但是以爵來說倒真的有這個機會，小豆豆我想妳應該有不少體會，關於他的破壞力。」

說著，紳居然悶笑起來，我回想起我丟破燈泡丟到大樓管理員都覺得我是不是成天拿它砸著玩的原因，好，我真的有體會……

「所以爵來找我，不是偶然？」

「他是因為妳身上有我法力的痕跡，因為我對妳的記憶動過手腳，他會找到梅音也是一樣的道理，因為我寄放在梅音那兒的項鍊。」

我相信他說的是真的　比起爵一聽就很沒頭沒腦的說法來得有說服力太多，可是，為什麼我在這一瞬間好失落？

「可是我不懂，為什麼會變現在這樣……」想甩頭拋去這些此刻不是很重要的念頭，我忘了我脖子上的傷，一牽動就痛得我臉扭成包子。

「妳想問，在韓宅的事情經過吧！為什麼妳的確受傷了，卻不是妳知道的那個原因……」紳幫我把我想問的問題說了出來，我點頭，這的確是我想知道的，但……

我其實更想知道的是，我昏迷前一刻看到的，是不是爵？

「本來這事情是一定會發生的，我沒有辦法告訴妳為什麼她會恨妳恨到想致妳於死，畢竟我只知道結局而已，幸好，他還是找到妳了。」

「等等，這不太對……」我出聲打斷，因為紳的說法實在好矛盾。「明明我戴上了項鍊後爵就不能聽到我想什麼，如果你說他可以改變，那不是應該要讓他可以隨時聽到我的求救？」

「咳、嗯——是這樣沒錯。」紳點點頭。「本來也的確是如此，項鍊一開始其實沒有這效用。」

「我加的，才不想讓他想這麼好過。」梅音又插話進來，瞄了眼紳的方向，微噘著嘴。「可是沒想到差點壞事。」

「妳知道為什麼爵認不出我，也不肯靠近韓宅嗎？」紳忽然對著我這麼問，我搖頭，最好我會知道這個。

「因為限制，我對妳下的法術有限制，他不能靠近，也不能透過妳直接找尋我的存在，只能接近妳再間接尋找，然後，他會去找到梅音，這是我原本的計畫。」

「只是我不知道梅音也在項鍊加了限制，而當時的我並沒有辦法完全現身，所以……還好，他還是找到妳了。」

「哼，這麼暴力……炸就炸嘛，幹什麼連我寶貴的項鍊也炸碎了，我多少年才作出一個啊！」梅音嘟囔著，看我一臉茫然，伸手指了指我露在病人袍外的肌膚上一條一條的細痕。「妳不會以為掐個脖子會在身上弄出這麼多傷口吧？」

不想都讓紳發言，梅音搶過了解釋的頭，對我說起了那天的狀況——

緊緊被掐住脖子的我漸漸沒了抵抗的力氣，連要保持著意識都很困難，而我的不抵抗讓韓夫人臉上的笑容擴大開來，又更施加力氣，掐著我更往牆面壓。

「小豆豆！說話啊！」

大吼聲突然爆出，整片面向外頭庭院的落地窗應聲炸碎開來，跟著驟然颳入的強風出現的爵，面色陰沉地瞪向我和韓夫人的方向。

突然的爆炸聲，嚇得她下意識鬆開手。

沒了支撐的我，立刻摔落在地。

玻璃碎片飛得滿房間都是，我和韓夫人的身上全被碎玻璃劃得亂七八糟的。

躺在地上的我，唇瓣開闔著不知說了什麼就暈了過去。

也跌坐在一旁的韓夫人回神過來又立刻撲向我，執拗地繼續執行著剛才的動作。

我昏死過去這件事，似乎引發爵更大的怒氣，他伸出右手一抓一甩，韓夫人瞬間像是布娃娃一樣被甩飛出去！

無視一屋的凌亂，爵走向我，抱起我輕拍了拍我的臉，「小豆豆，醒醒。」

他不斷地拍撫、搖晃，逐漸加重了力道。

而我卻毫無反應，缺乏足夠氧氣的臉甚至有些泛青。

爵伸手摸了摸我的臉，手指順著滑下下巴，停在我脖子上的項鍊上。方才被韓夫人異常怪力掐壓之下，鍊扣已然扭曲，所以我怎麼扯也扯不斷。

他抱起了我，一把扯下項鍊捏個粉碎，同時，身上浮現了他運用法力時總會浮現的光芒。

「姬——梅——音——給我出來！」

屋內明明只有他、昏過去的我和韓夫人，他卻大吼了起來：「還有你，紳！出來，我知道你在這裡！」

就這樣一遍一遍，光芒的顏色隨著他音量的加重變得越來越深，就在達到極限之際，他的視線定在一角，隨即騰出一隻手揮下

「呃——」伴隨著一聲低呼，梅音不知道為何從那兒摔落下來。

爵再次舉起手。

就在這時，角落浮現出紳的身影，瞬間閃至梅音前方擋去了爵的攻擊，另手扯住看見爵手中落下的項鍊碎片後抓狂要衝上前算帳的梅音。

「梅音，冷靜！妳打不贏他的，別亂來。」

抱住懷中暴怒的美人，他退開了一步，望著爵，「你要找的是我，就別找她麻煩了。」

「你們對小豆豆作了什麼？」

連翻的爆炸碎開了原本的所有限制。

而抱在懷中沒了項鍊的我，很輕易地被爵探讀著早先發生的一切，原本被阻礙著不能得知的種種瞬間流入了爵的腦袋裡，讓他瞭解了經過。

「為什麼要害死她？」

「並不是，這是她必然會有的命運。」

紳搖搖頭，幾個眼神交換，便把自己的計畫傳遞給爵知道，「我不能干預命運，但，你可以救她。」

透過梅音的描述，明明我沒有親眼所見，卻在描述中從最深的記憶裡找到了畫面，我不懂為什麼，但就像在看電影一樣，看見了我昏死過去的那段。

「老實說，為了更動妳的記憶跟這一切，我並沒有剩下太多力量，所以我必須借助另個人的體內休養，而最後還好有爵的幫忙，我做了最後一次更動，也就是妳現在所聽到的那樣。」

「……那爵呢？他人在哪？」

聽到後來，其實到底怎樣我忽然覺得也不是那麼重要了，如果麻伊媽咪跟他們這麼努力的要導向現在這個樣子，那我再繼續糾結似乎有點太不識相了，而且，現在在我腦袋裡，我想看到爵的念頭，才是最強烈的。

「爵嗎？」紳靜默了會兒，和梅音對望了眼，像是在詢問著要由誰回答這答案好。接著，紳伸出了手拍了拍我的肩頭。「他原本就是不存在的，所以小豆豆妳把他忘掉吧，好好度過接下來的人生就好了。」

「騙人！什麼叫他原本就是不存在的！」

我激動的大喊，在梅音治療下暫時可以說話的喉嚨，因為猛然的出力發出抗議般的劇疼。

我卻全然不想管，只是揪著紳不放。

紳自己剛剛明明說的，是爵的力量幫忙之下，所以可以成功把所有事情改變成現在這個結果，而我也是爵救的，我跟他住一起的記憶也都還存在著，什麼叫他不存在?!

「那傢伙本來就不存在了，不是相關條件成立下根本不會有他的出現……好啦，講夠了吧，結界快撐不住了，我們也不能在這邊多留了。」

梅音皺了皺眉，好像很不滿我抓著紳不放似的將他跟我拉開，「小豆豆，妳趕快把他從記憶裡忘掉吧，要真的沒辦法，我倒是不介意幫妳。」

「不要！」我想也沒想地吼回去，聲音嘶啞得很難聽，疼痛已經逼出了眼淚。「你們出去！出去！」

揮舞著手，我下意識的就想趕走他們，趕走了，他們就不會強迫我忘記爵的——我是這麼想著的，腦袋因為失去效力後反撲的疼痛而陣陣暈眩，我緊咬著唇，直到看見紳和梅音離開，才鬆力讓自己跌入昏睡。

「……真的不跟我回我那兒？妳身上還有傷還自己一個人住太危險了……」車子停妥在大樓門口，韓習禹皺著眉看了看我，把從醫院出來就一直重複問著的話又提了一次。

我的手揪著安全帶，手臂上還依稀可見幾條未癒的紅痕，我沒有回話，只是一個勁的搖頭。

韓習禹嘆了口氣，下車幫我開了門，提著我的行李把我送上樓，麻麻也到了，正在把我冰箱的空間給填塞滿。

「不勉強妳，但是有事不要自己忍著，我跟麻麻的電話妳都知道的，學校我幫妳申請了函授課程，這學期妳先待在家裡好好養傷，還是要先休學？」

那之後我沒什麼再開口，被他們歸結於是傷後的心理影響，所以沒有逼我一定要回應，就以肢體動作或紙筆代為溝通。

我搖頭，視線在屋內環視了一遭，空蕩蕩的，就如同紳和梅音所說的一樣，爵不存在了。

我走到他最常待的沙發位置用我記憶中他的姿勢坐下，記得每次回家如果他在，就會看到他側躺在上頭，聽見開門聲懶懶地抬頭看向我，衝著我就是一句：「小豆豆，飯。」

奇怪啊，這麼欠扁的一句話，為什麼我這麼想再聽到？空氣中的安靜引得我眼睛酸酸的，想哭的念頭一起，眼淚迅速地就滑出眼眶。

「哎呀，小豆豆怎麼了，傷口又痛了嗎？」看見我掉淚，麻麻和韓習禹很一致地跑到我身邊，一個抱著我拍拍，一個急忙找藥袋裡的藥。

我搖頭，用手背抹去眼淚，淚水接觸到傷口有些刺刺的。

我沒事啦，只是太久沒回來太激動，不用擔心。

輕輕拉開麻麻摟著我的手，我掏出了紙筆寫著，而後像是怕說服力不夠，又扯開笑容，回拍了拍麻麻，拉了拉還在慌忙找藥袋的韓習禹，把紙條遞給他們。

連番的叮嚀後韓習禹跟麻麻離開了。

屋子裡變得好安靜，我站起身走遍每一個角落，好像可以看見爵在那裡作過的動作、聽見他說過的話，只是一眨眼，眼前只有空白和寂靜，流理台的碗架還擺著洗好晾乾的碗盤茶具，我摸過那只爵情有獨鐘的骨瓷杯，他很喜歡用那個杯子喝茶、喝咖啡，自己喝，也找我喝。到後來幾乎都成了他的所有物，只剩一只，因為其中一個被我在清洗時不小心敲出了缺口。

然後，我就沒再看到爵用那個杯子，卻也沒將它收回櫥櫃中，只是一直放在那兒。

繞過區隔的屏風，我撿起那片遺漏的盆栽碎片，還是落在那兒，現在看來好明顯，可那時候我們怎麼就都沒注意到它的存在，他沒有掃去，我沒有發現而跌倒受傷……

浴室旁有個組合式的收納箱，那裡擺著的是爵的衣服，我拉開，卻愣了。

三個疊在一起的收納櫃裡，只有一件我第一天拿給他的浴袍還存放著，其餘全是空的，什麼都沒有，明明我買了不少給他的……

我衝到玄關的鞋櫃，拉開，騰出給爵放鞋子的位子上同樣空空如也；不死心的在每個有他的物品放置的位子尋找，卻什麼也找不到……

除了那件本來就在的浴袍、那只骨瓷杯，這些日子買給爵的東西沒有一樣留著，就像是從來不曾存在過。

跟紳還有梅音說的一樣，本來就不存在……

恍惚地走回沙發，蜷縮起身子，我把頭深深埋進雙膝之間，無聲地掉淚。

那天昏迷後清醒過來的我，第一個反應，是擔心著記憶是不是被紳還有梅音趁著我不能抵抗而洗去？

確認記憶還存在的事實，讓我鬆了口氣，但除了我以外，所有人似乎都對爵的存在遺忘了——

「啊？妳在說誰？病床躺久了腦袋怪怪的啊妳，那次夜市不是就我們兩個？上次，上次就多個字啊，還是因為看妳一個人逛很孤單我們才把妳抓著一起逛的妳忘了喔！」

每天都會來探望我的陳謙宇、陳謙禮不可避免地被我問起。

但是相同的，他們記得一起逛夜市，卻完全不記得有爵的存在。

「爵……」

久未開口的聲音有些斷斷續續的，重複了好幾遍才漸漸清晰，明明都記得的，他存在的痕跡，可是卻找不到更多證據證明……

下意識地又伸手抓向胸口，醒來後我不知道為什麼開始有了這習慣，明明那裡空無一物，卻總習慣地伸手、握拳，好像還有什麼可以抓在手中。

那是最後跟爵有接觸的痕跡。

爵……你是真的不存在嗎？我真的不相信，就算事實擺在眼前。

下課鐘響，我迅速的把東西掃入包中起身衝出教室，陳謙禮的聲音忽然在後頭響起，喊住了我下樓的腳步。

「轉……單習郁。」

從那時候到現在，一年多了。

怎麼不願，日子還是一天一天過著，再多再深的傷口在時間推移下終究還是痊癒，抹去了痕跡，而我真的沒有再看見爵。

函授結束了高一下的課程，升上高二分班的緣故，我沒有再跟陳謙宇、陳謙禮他們同班，但這似乎並不影響我們的往來，文科的東邊教室總可以看到別著西邊理科徽章的身影出沒；然後，對我而言，我也是這時候開始真正的認識陳謙宇。

這種感覺很怪吧，明明我知道小時候我們就認識，也恢復了原有的記憶，而高一時的來往也都還記得，但對我來說，那段時間與其說認識陳謙宇，不如說是認識了紳。

我是這樣解讀的。

而的確有些地方不太一樣，現在認識的陳謙宇，活潑了點、嘴巴壞了點，也更愛欺負陳謙禮了點——

「哎，你也等等我呀，跑這麼急幹嘛，這麼怕習郁走掉也不用表現得那麼明顯，都快守成望妻石了。」

略晚幾步走至我們身邊的陳謙宇，一掌拍上狂奔過大半個學校殺到另端文科教室，現在還在喘的陳謙禮，害得他一口氣沒換好，嗆咳了起來，好半晌才順過氣，一張臉已經是通紅，也不知道什麼原因佔的成份大點。「嗨，習郁，今天要不要來我們家一起吃晚飯，我媽很想看看妳，某人也很期待妳來。」

陳謙宇衝著我眨了眨眼，又揚著笑容瞄了身旁的陳謙禮。

「看、看我幹嘛？」

被瞄了眼的陳謙禮粗聲抗議著，我和陳謙宇交換了個眼神，反應一致地開口：「看你可愛啊！」

被我們這麼一說臉漲得更紅的陳謙禮暴跳著，幾乎沒幾天就上演一遭的劇情，是我現在日子中少數的歡樂。

「回到正題，要來嗎？習郁。」

又笑又打鬧了好一番，陳謙宇單臂勾過陳謙禮的脖子制住他的動作，像順貓毛一樣摸了摸他的腦袋，表情瞬間變得很彆扭的陳謙禮推開他，扭過頭看著另頭生悶氣——大抵都是這樣的收尾，然後陳謙宇會重複方才的話題，把它接回去。

「……好啊！」我又下意識伸手在胸口前空抓了抓，本來想婉拒的，腦袋卻莫名閃過些什麼，話一轉，答應了下來。

「對了，那在去你們家之前，你們可不可以陪我去個地方？」

莫名的念頭在心裡冒泡，這麼久了我忽然想到，紳跟梅音一直、一直都沒再出現，但，他們真的不在了嗎？

我忽然想驗證看看。

我還是堅信著，如果他們還在，沒有道理爵就不在的……

「這樣吧，你們兩個去，我先回家跟媽說一下習郁也會來，你們買完東西再回來就好？」

我對他們說的理由是我想去市集買個東西，陳謙禮向來不會表達他的意見，不過腳步已經朝著市集的方向移轉，陳謙宇笑了笑，忽然這麼拋下一句，然後揮揮衣袖往反方向走了。

我皺眉，陳謙禮也露出跟我差不多的表情，又不是第一次去他們家，明明是同個方向的路線，更何況，這種事打個電話就好……

「咳，走吧！」看來這個送作堆的動作明顯到連陳謙禮都不好意思了。

他一把抓起我的手拉著我就往前走，步伐很急！

而很明顯我們的腿長有段不小的距離，我跟得很辛苦。

「慢、慢一點啦！」走到後來我已經快要變成被拖行了，我趕緊出聲提醒，然後刻意裝不知道他染至耳根的紅是因為什麼原因。

「我沒有很趕，慢慢走就好了。」

放慢了腳步，卻也拉大了沉默，陳謙禮向來不是走這種安靜氣氛的人，停紅綠燈的空檔，他開口了。

「妳的心情好像還是很不好。」

「有嗎？」

我微愣，下意識扯出笑容。

「一講到妳心情不好妳就會這樣笑，妳以前開心不是這樣子的。」陳謙禮盯著我，眉頭皺得很緊。「那個……妳之前不是問過我一個人名嗎？」

爵？他怎麼會突然提到他？難道陳謙禮想起來了？「你記得爵？」

想到這裡我忍不住提高了聲音驚呼著，而陳謙禮的搖頭讓我瞬間黯淡了下來。

陳謙禮搔了搔頭，又接著問了個令我意外的問題：「他……是妳喜歡的人嗎？」

「啊？」

「那個叫爵的，一講到他，妳的表情就完全不一樣。」我沉默，不知道該接什麼話好。

沒有鏡子，我看不見我自己的表情，但從陳謙禮的表情，我想他並沒有誇大什麼。

「他……是個對我很重要的人。」我說不清楚我對爵到底什麼感覺，只知道，他很重要。

之前我以為我對韓習禹的感覺就是喜歡，甚至可以為此哭得要死要活的，不過多久而已，我已經把這些都忘在腦後，連波瀾都不起半分；但要說我這麼想看到爵就等於喜歡嗎，我說不出來，然後很慢半拍的想到，多好玩，那時候梅音還要我去教爵什麼是喜歡。

說到底，我自己也沒搞懂過，只有似是而非的答案。

「嗯……」陳謙禮應了聲，我感覺被他拉著的手腕緊了緊，燈號轉綠，我們繼續往前走著，沒再對話。

市集裡還是一樣五花八門地林立著大大小小各式各樣的攤子，我一踏進市集就甩開了陳謙禮的手，鑽進人群循著記憶走到梅音的攤位，相同的位置，賣著相同的花草商品，卻不是相同的人……

連他們也找不到了嗎？

我愣愣地呆站著，忽然好茫然。

「單……習郁。」陳謙禮找了過來，輕拍了拍我。

「都不在了……」我轉頭，撲進了他的懷抱裡放聲大哭，我以為一定可以找到梅音，然後可以追問出爵的下落的，可是，根本不是我想的這樣……

我突如其來的動作應該嚇到陳謙禮了，他整個人僵住不知道該作何反應好，我都哭停了他才有動作，舉起手要拍拍我的頭，手臂上吊著的東西卻先敲上我的腦袋。

「痛……」我痛得蹲了下來，陳謙禮也跟著蹲下，沒料想手上的重物一晃，二度攻擊……

「你、你謀殺啊！」我又哭了，這回是痛到哭的。

拜託，盆栽打頭很痛的欸……等等，盆栽？

「你手上拿的是什麼？」

「喔——我剛剛要找妳啊，結果有個打扮很怪的大姊在賣這個，我才看了她一下，她二話不說衝過來就塞給我……」

「你在哪邊遇到她的？」我猛地抓住陳謙禮的手臂，眼睛瞪得好大、好大。

他說的一定是梅音，一定是。

「那邊啊，可是她好像走了。」陳謙禮舉了舉手，讓我看他手上的塑膠袋。

「我回神過來要還她人就不見了。」抬頭看了看我背後的攤子，他又說：「妳是要找賣植物盆栽的攤子吧，這給妳！」

說著，他取下了袋子遞給了我。我呆呆的接過，腦袋還停留在他剛剛說的，梅音已經走了。

就這樣……沒機會了嗎？

市集的這段插曲讓我接下來的心神極度的不寧，讓陳媽媽還以為我生病或怎麼了，硬是不肯放我自己一個人回家，所以，在陳謙宇的幫腔下，某人又被派來當護送了。

但是，我只想好好獨處下，堅持只讓他送到他家出來的第一個路口。

「欸，妳還好吧？」我一連串的怪異反應，讓陳謙禮累積了一肚子的疑問，在這個時候忍不住問了。

「不好。」我想找到梅音，想揍她，還有那個紳，我更想揍他。

「不好什麼？」

「什麼都不好。」

「為什麼什麼都不好？」

「不好就不好還有為什麼不好喔！」

陳謙禮一連串鬼打牆的問題問得我忍不住氣抬起頭來要瞪他，詭異的事情發生了。

「紳？」久違的看到鬼感覺湧了上來，我忍不住張望四周，剛才、剛才不還是陳謙禮在跟我對話嗎？怎麼會？

「找他啊？在這兒。」梅音也出現了，而且細細的手臂上還掛了個人，正是陳謙禮。

「你們……他……到、到底怎麼了？」我嚇得講話都結巴了，完全搞不懂狀況。

「我們該離開了，想說離開前找妳告個別。」紳笑了笑，從梅音那兒接過陳謙禮，不知道在他耳邊說了些什麼……

陳謙禮搖搖晃晃地自己站好，轉身就往他家走去。「可以招待我跟梅音到妳那兒坐坐嗎？」

我傻愣愣地看著明明眼睛閉著卻自動走著的陳謙禮，這樣不會嚇到人嗎？

「放心啦，到家他就醒了，還會有他送妳到家的記憶。」梅音在我面前揮了揮手，拉回我的注意力。

「走呀，妳剛剛不是還想著要揍我跟紳，帶回家比較好解決嘛。」

我發誓，梅音講這句話的瞬間我看見了她一閃而過的殺氣，大有我敢怎樣她就會先把我給怎樣的威脅在。

「可、可是你們怎麼出現的……」我的疑問在手上塑膠袋發出的窸窣聲裡驟止。

梅音、盆栽、不見——

我望著手上不知道什麼時候開了個口的塑膠袋，忽然有一瞬間後悔，拿到的那當下我怎麼就沒想到，沒扔在地上踩幾腳洩恨？

「小豆豆，我們聽得到喔！」紳笑瞇瞇地對我發出了提醒，我一窒，趕快打消所有不應該的念頭。

「這個……是我們送給妳的臨別禮物。」

領著紳跟梅音踏入我家，我不懂明明他們來無影去無蹤的何必我帶他們來，在打開窗戶疏通空氣的瞬間我才想到，對了，爵曾說過，要邀請之後他們才可以進入我們的居所。

我裝了兩杯開水，很明顯地表達了我不是很想好好招待他們的態度，一落坐，紳忽然抱出了一團東西遞給我，我接過，那團東西動了起來，是隻小狗。

「牠叫尾巴。」我傻愣愣地瞪向紳跟梅音，紳笑了笑，開始對我解釋。「還記得，我帶妳看過的過去嗎？關於幸福的定義。」

「貓跟尾巴？」印象很深的東西，不用我多想，答案很快就自腦袋浮現。

可是，你們送我的是狗欸？我看了看在我懷裡打滾亂蹭的小毛球，納悶地看了過去。

「嗯，因為梅音堅持，不可以送貓。」紳忽然悶笑起來，被梅音瞪了一眼後才稍稍收斂，然後回答我的問題，而剛剛瞪人的梅音不知道為什麼扭開臉，好半晌不肯轉回頭來。

我不解地看了看他們，再看了看這個叫尾巴的小毛球，牠睜開圓滾滾的大眼，像是知道我在看牠一樣回看了看我，友善地舔了舔我的手指。

「你們送我這個幹嘛？」我摸了摸牠，好可愛的小東西。但我不懂，為什麼他們要送我一隻狗？

「嗯……妳會知道答案的。」紳又賣起了關子，伸手拍了拍我的腦袋。「好啦，我們趕時間，真的得走了，不然就走不掉了……嗯，總之，好好照顧尾巴，有天妳會有意想不到的驚喜。」

紳一陣細碎的嘀咕後，對我眨了眨眼睛。

「可是……」我還有話想說，一隻小狗並不便宜吧，突然收這麼貴重的東西，我很難接受。

「不用想太多，就當梅音想補償妳的……嗯，她有點害羞，妳知道的。」

紳打斷了我的可是，一旁的梅音在聽到他又提及自己的名字，這次反應更大了，直接閃人不見，她突然的動作讓我和紳忍不住都愣了下。

「然後，這是我要補充給妳的臨別贈禮。」紳忽然對我行了個禮，「請記得我曾讓妳看過的畫面，並請記得，許願的效力是很強大的，只要妳相信。」

空氣間揚起淡淡香氣，一眨眼，紳也跟著不見了。

只要我相信？什麼跟什麼啊……

我的納悶，更深了。

「……那個，我應該比較想哭吧？」

麥當勞裡，我跟陳謙禮各佔了一個窗邊的位置，然後伸長了脖子，看著不遠處的露天咖啡座此刻正上演一齣告白劇。

女孩羞怯地不敢抬頭，男孩不知道回答了什麼，遞了個像是信封的東西給女孩，女孩站起身轉頭要跑，回身時甩出了淚光，男孩拉住了她離去的腳步，順勢摟她入懷，女孩埋首在懷抱中，又哭又笑——

「你要哭什麼？人家是跟宇告白啊，還是說你喜歡那女生？」我白了陳謙禮一眼，吐嘈著。

關於我們為什麼要在這邊偷窺人家，實際上，一切都是那個很黑的陳謙宇設計的。

分班後我們三個分屬不同班級，所以，聚會的話題也就多了些討論自己班上的八卦。

然後，某天陳謙宇忽然跟我們聊起了他同組的一個女生，並且下了「很有趣」的這番評語，引起了我和陳謙禮的注意。

後來，他就說了其實他對這女生滿有好感的，只是不怎麼好意思直接找人家，也所以，單純如我跟陳謙禮就幫忙他去旁敲側擊，然後，把對方約出來……

結果事實證明，人家根本早就郎有情、妹有意，女生都跟他告白了他還設計這齣！

理由是，他從第一次看到她就很想要抱抱看，可是如果一說在一起就直接討抱抱那會顯得他有吃人豆腐嫌疑，所以要製造點機會……

什麼跟什麼亂七八糟！

「我是在哭他都有伴了，棄我於不顧。」像是免錢一樣，陳謙禮也回敬我一個白眼。

「那去找個伴啊！」我應得很順。

「喂，妳存心傷口撒鹽啊！」這下不甩白眼了，陳謙禮改用瞪的。

我一頓，乾乾地笑了笑。

差點都忘了，不久前陳謙禮跟我告白，然後被我送了張好朋友卡。不是不知道他喜歡我，這些日子他陪在我身邊，很努力的讓我開心、很體貼的照顧我也都感受得到，但是，我還是拒絕了。

我喜歡陳謙禮，但我想不是那種喜歡，至少不是跟他對等的喜歡。

記憶裡，我跟他有很多很多兩小無猜的甜蜜回憶，但對我而言那是重新被放回的，明明經歷過想起來卻總缺了一點實感，如果不是這樣的經過，我想，我會喜歡他的。

但，就是有那些經過，我們才又認識，到底該否定哪個？我也不知道。

「好啦，不要假笑了，有夠難看的。被拒絕夠丟臉了妳也稍微顧一下我的面子別一直重提傷疤嘛！」還是惡狠狠的粗聲回應，但我聽得出陳謙禮幫我解開尷尬的體貼。

「謝謝你。」

「再說謝謝我揍妳喔！」

很熟悉呢，這樣子笨拙的體貼就跟某個人一樣。

還是下意識的摸摸胸口，或許是我的這個習慣動作吧，生日時韓習禹、麻麻，還有陳謙宇陳謙禮不約而同都送了項鍊，我笑笑的收下，輪流著把他們的體貼帶著。

但每個月的初一，我都會選擇讓脖子上淨空，什麼也不帶。

除此之外，我還多了不少因為爵出現之後遺留的習慣，像是總會習慣開著那扇窗，每次拉開窗簾推開總會帶點小小期待，期待著打開後會出現的身影。

我迷上了煮咖哩的味道，雖然我作不出爵的口味，但回憶著他的動作一一放入材料料理著，總會給我一種感覺，就像他在旁邊一樣。

而更多的時候我會抱著尾巴坐在沙發的那一角，什麼也不作，就是輕輕抱著牠、摸著，發著呆想著很多很多事情。

多半是關於我和爵經歷過的種種。

紳離去前留下的莫名其妙贈言被我拋在了腦後，許願什麼的，我還真的沒相信過，而且我覺得，那是有所求、有得求才會有的動作，我要求什麼呢？

求爵回來嗎？我覺得他要會回來早回來了，根本不用我求的……

「欸，又恍神喔！」陳謙禮忽然推了推我。「回魂啦，陳謙宇過來了。」

新結成的情侶檔開始不用錢地大放閃光，雖然絕大多數都是陳謙宇在鬧人家，我小聲地對陳謙禮說恭喜他解脫，他瞪了我一眼然後悲痛地回我一句他也有這種感覺，我想我們都懂彼此指著什麼。

「啊，我該去寵物店接尾巴了。」手機發出了通知鈴，我看了看設定好的通知訊息，抓起包包準備離開。

「要我陪妳去嗎？」陳謙禮問著，不過還是保持著原本的動作，看起來就像是純粹問問而已。

「不用了，你慢慢被閃吧！」我後面那句故意說得很小聲，卻是足夠讓他聽得到的那種音量，得到他惡氣的一瞪，然後揮手做出趕我走的動作。

他也知道，每次去接尾巴回家的那段路，我喜歡一個人走。

「要走了呀，那路上小心喔，之前我聽人家在講，那一帶有人會隨機搶劫，小豆豆妳回家小心點，不要走小路。」

陳謙宇叮嚀著，他也知道了我跟陳謙禮的事還有我的習慣，沒有硬要起鬨。

牽著尾巴走在回家路上，其實我喜歡自己一個人走的原因很簡單，因為這段路，是之前我帶爵出門時最常走的路線，還記得第一次，我還是被他抱著走的……

想到這裡，我的笑臉有些黯淡，又很快地伸出手往自己臉上拍了拍，不可以心情低落，這樣，爵會找不到我——在心裡，我還是記得他跟我說過的每一句話。

手上的包包忽然被反方向的力量拉著，一轉頭看見一個蒙面人手抓著我的皮包，我還沒反應過來，他已經用手中的小刀割斷背帶拔腿就跑，我微愣，回神過來就是立刻追了上去。

「搶劫啊——」

大喊著尋求幫助，我死命地跑著，心裡想著的是包包絕對不能丟，不只裡面的錢、卡片、證件很重要，更要緊的是……

爵給過我一張卡片，我不知道為什麼它沒有跟其他在爵來到之後的東西一樣消失，但那是除了浴袍之外，我身邊唯一跟他有關聯的物品，要是掉了……

我不敢想像我的反應，更咬緊牙拼命的追。

只是，事不從人願，天生的身高差距就已經讓我追得很辛苦，一個腳步沒踩穩，我撲跌在地上，忍著疼痛再站起來時，小偷早就跑不見人影，更糟糕的是，尾巴也跑不見了……

真的什麼，都不會留下嗎——連代表跟爵有關係的紳他們送我的尾巴也搞丟，是真的所有關聯都切斷了嗎？

我一跛一拐地往小偷逃離的方向走著，半路上就看見我被割斷的包包大開著棄置在路旁，東西沿路丟了滿地，我一個一個撿起，也不知道該說小偷好心還是怎樣，他拿走了所有的鈔票和零錢，倒是把證件卡片留了下來……

可是，爵給我的黑色卡片，不見了。

一直、一直忍著的眼淚在發現到這點後再也止不住潰堤，我蹲坐在地上毫無形象地放聲大哭，真的，什麼都不剩了——

「汪！」

我的前方忽然傳出一聲狗叫，讓我的眼淚暫停了下。

尾巴的叫聲很有趣，不知道為什麼總有點圓圓捲捲的感覺，陳謙禮他們還打趣說這隻狗肯定上過正音班，才會連汪汪叫都捲舌；而就是這個特殊的叫聲，讓我忍不住抬頭。

我想，我肯定是個笨蛋，才會這麼晚才想通那天紳莫名其妙的舉動跟話到底表示了什麼！

「笨蛋，我明明留給妳三個願望都不會好好利用，只會哭，許願說要看到我不就好了嗎？害我找這麼久。」

尾巴站在一個男子的腳邊歡快地對我汪汪叫著，身上的鍊子被他握著，我順著往上看，整個呆住。

「咳、嗯，怎麼哭成這樣，醜死了……欸，先跟妳說，雖然我現在沒神力了，但是我還是要說一下……喂喂，等一下，讓我說完——」

「你，給我過來。」我站起身，搶去他要說的話的同時，我也撲了上去。

「爵你這個笨蛋、神經病、烏龜王八蛋……」

把我這瞬間想得到的所有罵人詞彙全部一股腦兒拋出，然後我聽見了萬分熟悉的一句話：「欸！什麼神經病，我是神——」

我一把把他抱住張嘴就啃，這次，算我跟他定契約了。

〈惡作劇戀人　完〉

番外　各自的過去現在與未來

象牙塔

「吶，韓習禹我跟你說，我家從今天起會多一個小寶貝喔！」

翻過一旁欄杆騰空跳下的身影大叫著，水藍色的裙襬飄揚著侵入我視線的領空，被撲個滿懷的我定神看著做出這個絲毫不淑女的動作，卻笑得萬分燦爛的女子，揚起了極淺、無奈但又十足包容的笑容。

誰叫是她呢，彷彿一切就都合理化了。

「妳去哪兒拐帶人家家的小孩子了，我可不想哪天在報紙看到妳。」伸指幫她把方才大動作跳下而翻起的裙襬拉平，看著咯咯笑個不停的她，明明是三十歲的人，卻總像個大孩子一般。

「我哪有拐帶。」她皺了皺鼻，對我的話感到不甚滿意所以伸手用力往我的腰擰了下。「說起來還是你爸牽的線耶，不然哪那麼順利。」

「等等，唐麻伊小姐，妳什麼時候跟妳未來的公公這麼要好了？我怎麼不知道？」

雖然她的力道對我來說根本不痛不癢，但我還是很配合地裝了下吃痛的表情，但她的下句話卻讓我微愣。

「什麼未來的公公！你少臭美了你，我有說過我要嫁你嗎？」橫了我一眼，她推開我想要站起身。

我立刻收緊雙臂，繼續將她摟在懷抱裡。

「你也知道我一直想有個小孩作伴，麻麻都嫌棄我年紀太大了不愛跟我玩，所以我之前在找領養的訊息嘛，你爸知道了就幫我介紹領養的機構，我也沒想到這麼順利耶，雖然好多手續好麻煩喔……」

麻伊說著的同時，手不自覺地撫著肚子。

喜歡孩子的她，因為一場意外而被剝奪走生育的能力，卻沒有因此而悲觀。

總是笑得燦爛的她，絮絮叨叨地說著關於領養那些很繁瑣的流程。

但因為是她說的話，所以我絲毫不覺得厭煩，即使我並不喜歡小孩子。

「……對了、對了，她的名字跟你好像耶，你叫習禹，她叫習郁，感覺就好像是兄弟姊妹會取的名字對不對！所以呀，你幫她想個小名好不好？」

她的手在我的臉上肆意作怪著，說著很牽強的原因要我參與她的討論。

其實名字相近的人多了去，誰說就一定只有兄弟姊妹呢？

不過，只要她開心，什麼原因都不重要了。

「叫她豆豆吧！」

說起小孩子，我就想到父親一個朋友家那對雙胞胎兄弟，其中的弟弟彆扭得很可愛，尤其是當他們家的人喚他小名時。

「豆豆，好像很可愛耶！小豆豆。」

麻伊又咯咯笑了起來，眉眼笑瞇成月牙，繼續說起關於那個即將要成為她家孩子的小女孩有多可愛。

女生所謂可愛的定義，其實很模糊的。

但是當麻伊第一次帶著她來和我見面時，我打從心裡認同起她的評論。

小女孩梳著短短馬尾，穿著跟麻伊最愛的同款水藍色洋裝，羞怯地躲在她身後只，敢探出眼偷偷打量我。

我蹲下身子和她平視著，「小豆豆嗎？我是韓習禹。」

「小豆豆的名字是他取的喔，不用怕他的臭臉，韓習禹最喜歡擺個樣子嚇唬人了。」

麻伊摟著她，在她粉嫩的小臉蛋上又親又蹭的，小女孩羞澀地笑了笑，軟軟的喊了聲「媽咪」，引得我眉毛微揚。

「哈哈──我跟她說要她叫我媽咪呀，好可愛喔。」

麻伊招牌的咯咯笑清脆地響著。

我想如果我們有自己的孩子，應該就是這樣吧！

某個深夜裡，父親把我叫進他的書房。

長年往返醫院控制病情的父親，身子衰弱地陷在沙發椅當中，沙啞地對我講了一件他埋藏多年的秘密──那個羞怯地揪著衣角，順著麻伊指示喊我名字，逗得她哈哈大笑讓她疼入骨子裡的心肝寶貝，居然是父親話中那個我同父異母的妹妹！

「妹妹？」

「習禹，我對不起她們母女倆，我不能承認她們跟我的關係，這是我答應你母親的。」

久病折騰的蒼白，顯露在年過半百的老人臉上。

父親緩緩道出這十幾年他對於兩個女人、兩個家庭的虧欠。

「這就是為什麼你要幫麻伊介紹領養的原因？」

我有些消化不來，關於這些事、關於這麼秘密。

他未完的迂迴含意，是我想的這樣嗎？

「……如果可以，我希望你們能讓她有個家。」父親斂著眉眼，說著：「麻伊是個好女孩，如果是把習郁交給你們我很放心。」

一直對於我跟麻伊婚事不表示任何意見的父親，第一次表現了贊成的語氣。

「我的日子不多了，她沒辦法從我這兒繼承什麼，所以我全留給你，只希望你幫我照顧好她。她母親離開時告訴我，她跟她的好友約好了要讓兩人的孩子結娃娃親，陳叔叔家的孩子你也認識的，幫我多看著好嗎，如果她喜歡他們其中的誰就支持她，不喜歡也不要勉強，只要她快樂就好。只是，能不能別讓她知道，她的父親不認她……」

始終命令口吻面對著我的父親，也是第一次向我提出了請求。

我的心情五味雜陳地，不知道該怎麼形容對於這像是在交代遺言的感想。

從他的話中，我已然猜出小豆豆母親的身分，出乎意料，但這時候我也不能多說什麼。

畢竟，這是他們那一輩的糾葛。

而這也是最後一次，我跟父親的長談。

葬禮上，她就站在麻伊身後。

我很好奇如果父親看到這場景會是什麼樣的心情？看著自己的女兒用對陌生人的態度上香致哀，一輩子都聽不到她喊你爸爸，真的不會遺憾嗎？

我看向和父親分居多年，自己旅居國外直到此刻才以未亡人身分回國的母親。

在她沉靜的面容中我看不出她有任何情緒，但就在這之前，她才在休息室裡對著麻伊她們大罵，說著不會承認她這帶著一個小拖油瓶的媳婦，憤恨的眼神，明顯寫著她其實非常明白她的真實身分。

之後為了不想過度刺激母親的情緒，我漸漸減少台面上和麻伊她們的接觸。

而如果早知道會有那麼一天，我會失去她，我才不管會不會引起更大的爭執，也要把握住跟她相處的分秒。

「習禹，我要對小豆豆食言了，明明都說好我會一直陪著她長大的。」

過分蒼白的臉蛋，唇上甚至抹了她鮮少使用的唇彩，只為掩飾她臉上不正常的色澤。

但多年相戀，我怎麼可能看不出來她的異樣？

追問之下她的回答，讓我想起那天的書房跟父親。

「小豆豆真的是很可愛的孩子，你如果多跟她相處你一定喜歡她的。」

麻伊的話，讓我想起那些日子，麻伊不厭其煩地要我多和她互動的請求，原來早有預兆而我沒有留意到嗎？

「妳放心不下她，那我呢？」我澀然低語，卻隱隱有股說不上來的憤怒在我心口悶著、燒著。

我懊惱著自己居然這麼輕忽了最重要的人，而對於她一直記掛著的小豆豆，我同樣很不理智地遷怒著。

「你們兩個還有麻麻，都是我最重要的人……我知道你不喜歡小孩子，可是如果你把小豆豆當成我們的小孩，你能不能多喜歡她一點？」

再次聽到麻伊的笑聲，我才發現她虛弱得比我想像中還要可怕。

「她……」幾乎脫口而出小豆豆的真實身世，我深吸了幾口氣，壓了下來，「我沒有討厭小豆豆。」

但我也說不上喜歡，如果沒有妳在的話——後頭未完的話，我從麻伊的苦笑中讀出她明白我的意思。

「答應我，如果真的有一天我不能陪著小豆豆了，你不要放她一個人好嗎？」

麻伊的請求和父親的請求，都是為了她。他們都怕她孤單，怕她不快樂，那我呢？

又一次站在蒼白肅穆的靈堂前，相片裡巧笑倩兮的身影還在腦海，她的叮嚀她的希望也還在耳邊，離開前的最後，她對我說的卻還是關於小豆豆的事情……

我木然的處理好一切，麻麻趕回了學校繼續課業。

我來到麻伊的家中，被其他長輩先行帶回這兒的小豆豆，蜷縮在麻伊的房間角落，嚶嚶啜泣。

「單習郁。」我喊她。

望著她抬起的滿佈淚痕的臉蛋，還有眼裡一閃而過的，麻伊跟父親對我的請求再次浮現腦海，我很清楚如果我要完成它，我就需要一個可以合理讓她跟我離開的身分，所以，對於父親不希望我讓她知道的，我還是得說出口。

再者她眼裡的某些情緒，不該有也不能有的，我也需要盡早把它扼殺在搖籃裡。

如果麻伊在的時候，那些和她相處的溫和親暱會造成她的錯覺，那我會放棄這個形象。討厭我也無所謂。

因為此時此刻，我真的也沒辦法說我喜歡她。

我知道我很幼稚。

但我就是介意著在我最在意的兩個人心中，她比我還重要。

而這之後，我請麻麻作為我跟她之間互動的橋樑。

也因此，在麻伊過世後她們兩個才真的熟悉起來。

而每每聽著麻麻報告她的近況，說起她對麻麻的暱稱，我總不免一陣迷惘，我想起第一次聽見她對麻伊喊媽咪時我微愣的表情。

她看了看我，轉頭問著麻伊該怎麼稱呼我，是該叫叔叔還是爹地時麻伊笑得直打滾的樣子，然後極力灌輸著小豆豆要叫我的名字，不用跟我客氣。

麻伊其實早就知道了，所以一遍一遍只讓她記住我的名字。

那時候，我對小豆豆說的說法是被我刻意扭曲過的，目的是讓她斷絕其他的心思。

卻不可否認，聽到她含著眼淚對我大吼著的那句話，我愣了——

「我討厭你！我要跟麻伊媽咪在一起，我不要你。」

她傷心到極點的哭喊，讓我耳旁嗡嗡乍響。

「其實，我也討厭妳呀！」

恍惚中，我似乎是這麼回應的。

其實，我只是忌妒她在麻伊心中是比我還重要的寶貝，可以陪著她度過最後的那一段日子而我不能……

「麻麻，幫我把她轉到這所學校，這邊離麻伊的房子很近。」

「告訴她，我讓她放縱完這一年，九月開學，她一定得要去上課。」

我遞去一只紙袋。

「再裝嘛，明明就很關心小豆豆想對她好，故意裝什麼兇。」麻麻瞄了瞄紙袋裡的內容物後，露出了促狹的笑容。

故意嗎？我想不是。

我只是，不知道該怎麼面對她而已。

麻伊，我開始後悔，當時你要我跟她好好相處而我沒認真聽了。

完

娃娃親

陳家有對雙胞胎兄弟檔，長得極其相似但個性大相逕庭。

舉例來說，你拿一根棒棒糖遇到哥哥，他會笑笑的看著你，直到你把糖果給他，吃完了再跟你謝謝；你拿一根棒棒糖遇到弟弟，他會不屑地別開臉，突然伸手搶過去一口吞掉，再跟你說他是很勉強才幫忙解決掉的……

喔，我要表達的不是他們對吃糖果的反應，而是有些事情，打小就底定了——

今天是陳家兄弟檔的五歲生日 Party。

雖然是壽星，不過在切蛋糕之前，屋子裡的場子基本上不是他們在管的。最多，他們就是父母跟親友聊天時旁邊的活動擺設，人來了笑一下、問聲好。

「無聊。」

左側穿著黑色帽T的小男孩皺著張臉，努力閃開每個靠過來的人都非得捏他臉一把的手。

莫名其妙，幹嘛看到他就捏啊！

「忍耐，你現在拆了老媽的台，晚點老爸就會拆了你禮物的台。」

右側穿著同款白色帽T的小男孩帶著淺淺的笑容。

面對同樣的動作，卻像是很習慣似的，眉都不皺。

「哎呀呀，好可愛的雙胞胎喔，哪一個是宇宇哪個是禮禮呀？」

不知道第幾個也不知道哪來的朋友、太太一番寒暄後，看向陳家女主人兩側的小壽星，笑瞇了眼手就伸過來了。

好煩吶……陳謙禮忍耐著被人在臉蛋上輕捏。

這次他堅持了三秒，還是扭開頭。

就在這時，門外又來了一批新的客人。

鬢邊飛白、西裝畢挺的中年男子，挽著打扮華貴的婦人踏入，略慢個幾步是名二十來歲的少年，身畔粘著個差不多年紀，笑得很甜的女孩。

一行人走向父親，熱絡地招呼起來。

相隔不到五分鐘，一名少婦牽著個小女孩也踏入屋內。

陳謙禮感覺牽著自己跟陳謙宇的母親明顯很是激動，匆匆跟當下還閒扯著的友人道歉，迎了上前。

「單晨薇……怎麼這麼久都沒見到妳！還當不當我是朋友呀……在外地還是可以聯絡啊，這是妳的小孩？終於肯帶來給我看了……哼哼，我可沒忘喔，咱們約好的……」

頭頂絮絮叨叨地傳來母親跟那名少婦的交談。

陳謙宇被招過去打招呼了。

而陳謙禮卻故意裝黏在母親身邊，不想過去賣笑。

「來，這我家豆豆！」

小身子猛地被人往前一推，自家母親跟對方把兩人的小孩給推在一塊，「說好了吶，給我們的孩子同性就結拜，不同性就結娃娃親，我可是記得很牢的。」

「可是妳生的是雙胞胎欸……」

「有什麼關係，女生嘛，多點選擇好啊，不管她選哪個都是我的媳婦就好了……」

「妳都不問下妳先生跟兩位小帥哥意見呀！」

「不用，我准許他們有意見，但我不接受他們的意見……」

頭上討論些什麼他聽不懂，可也走不掉，陳謙禮擰著眉，開始注意起那個跟自己一樣被推上前的小女生，粉嫩的碎花蓬蓬裙，梳著公主頭，低著腦袋瓜子手指在裙襬上扭呀扭的。

「喂，妳叫什麼名字？」他問著，有些不是很耐煩的口氣讓小女孩抬起頭，眨了眨眼才確認他是在跟她說話。

「習郁……我叫單習郁。」小女孩小小聲地回答著。

他要很近、很近才能聽到她的聲音。

「講話幹嘛那麼小聲！」好不容易聽懂了，陳謙禮回正了身子，想了想，「那妳幾歲？」

他是同輩裡最小的孩子，就連陳謙宇也因為比他早蹦出肚子，怎麼樣就是有哥哥的架子在那邊，現在眼前有個看起來比他小的，等下，要叫她喊自己哥哥看看——

陳謙禮得意的上揚嘴角，卻在看見小女孩比出「六」的手勢後，垮了。

「哼。」陳謙禮很不爽地甩開母親的手，跑掉了。

跑了一個陳謙禮，來了一個陳謙宇。

攔不住落跑的小兒子，陳太太只好把大兒子揪過來繼續當聊天伴，順道又介紹一次：「這個是我另個兒子宇宇，宇宇快跟單阿姨還有小姊姊打招呼。」

陳謙宇笑咪咪的臉上隱約閃過什麼，很有禮貌地鞠了個躬，「單阿姨好、妳好，我是陳謙宇，妳叫什麼名字？」

「你好……我叫作單習郁。」小女孩又眨了眨眼，不懂這個人怎麼突然跑掉卻換了身衣服回來，還又問了次她的名字。

但不懂歸不懂，她還是乖乖地又講了次名字。

後來她才知道，他們是兩個長得很像卻完全不一樣的弟弟。

切蛋糕了，陳謙宇和陳謙禮意思意思地抓著蛋糕刀在上頭各劃了刀，然後看著爸媽把蛋糕分給每個人。

陳謙禮死死盯著蛋糕中央鮮紅欲滴的草莓，死死盯著、盯著──

「來，有草莓的這塊給小美女吃。」陳家男主人切下那塊帶有完整大草莓的蛋糕，擱在塑膠小盤子上，略蹲下身子，放到了緊跟在妻子友人身旁的小小客人手中。

分配完蛋糕的大人們走一邊聊天去了，留下桌邊一團一團年紀相近的小朋友、大朋友們湊一塊吃蛋糕。

陳謙禮瞪大了雙眼看著自己盯了好久的草莓就這樣飛了，加上前仇，憤恨的小眼神立刻掃向她。

「你喜歡這個嗎？給你。」叉起草莓正要咬下的動作，因為旁邊掃來的熱烈眼神而停頓，單習郁的小腦袋偏了偏，媽媽說這個弟弟也是今天的壽星，壽星要送禮物給他的。

可是她沒有禮物，剛剛的糖果送給另一個弟弟了，那她把草莓分給他吃好了……

「哼。」陳謙禮很驕傲、很驕傲地扭開頭。

可是裹了糖漿的草莓一直散發著甜甜的香氣，讓他又他忍不住嚥了嚥口水。

「你不要的話，那我就接收囉？」一旁的陳謙宇瞧了瞧，湊過去小聲說道。

「我先說喔，我才沒有喜歡吃這個。」驕傲的腦袋瓜轉了回去，陳謙禮一把搶下她手上叉著草莓的叉子，咬下。

「生日快樂。」看到他接受她遞上的草莓，小女孩燦爛地笑開，送上了祝福。

「哼。」陳謙禮輕哼了哼。

草莓很甜、很好吃，他卻覺得嚐到的甜味似乎不知不覺間，輸給了她笑咪咪的樣子……

完

竹蜻蜓

『……是，好，我會記得時間吃藥，不用擔心，下午禮就回來了……你們不用特地趕回來沒關係，工作要緊……好，我知道……再見。』

忍著喉頭從剛剛一直不停湧上的癢意，努力保持著聲音正常直到母親打回來關切的通話結束，陳謙宇脫力地陷入被窩中，吐了好大一口氣。

忽然安靜了，真有點不習慣。

由於是雙胞胎使然，從小他跟禮幾乎都是同進同出、相互陪伴著的默契顯露在每個角落，連生病也是——好吧，這回是意外。

他病得很突然。

疲倦引起的暈眩感閃過，陳謙宇揉了揉額角讓自己清醒點，也不知道為什麼就不是很想就這樣休息睡過去……

想找點什麼分心，找點事情作作，他傾身拉開床頭矮櫃的抽屜，翻起層疊的書刊雜誌下的小鐵盒，有些斑駁生鏽的盒身，看得出有些年份。

鐵盒裡放著一些零零碎碎的小玩意，彈珠、飛鏢、小石頭或者是紙卡等等的，最醒目的，還是斜躺其中，佔據了很大部分面積的一只竹蜻蜓。

陳謙宇伸指捻起了它，慢慢轉著，記憶中雙手前後一搓就飛得高高、飛得遠遠的小東西……其實那並不是他的東西。

「雖然妳不記得，但是我們從以前就認識了呢！單習郁……」

指頭輕摳著竹蜻蜓葉身的花紋，秀氣的女孩子風格，是的，這是她的東西。

七歲・韓宅庭院——

「小宇要跟爸爸進去嗎？」

帶著兒子前來拜訪好友的陳父在下車前，轉身問著今天陪同自己前來的大兒子。

謙禮早上在鬧脾氣，所以只有謙宇跟著他過來。

平常這兩兄弟都是膩在一起的，今天少了一個，看起來似乎安靜很多。

「我可以在庭院等你嗎？」陳謙宇抬頭問著。

今天只有他一個，他也不太想去裝乖小孩。

韓宅有個很大的院子，最深處的矮灌木圈住的裡頭佇立一株高聳的松樹，設計得就讓人很想鑽過去瞧瞧——陳謙宇這樣想著，手已經撥開前頭的灌木叢，鑽了進去。

陳家兩兄弟，一個文靜一個頑皮，這是一般外人對他們的基本理解。

可實際上，哪個小孩不愛玩？

陳謙宇只是覺得兩個人都在的時候，需要一個保持平衡，現在周遭沒人，他也就放開膽子玩了。

看著自己穿過樹叢弄得滿身樹葉的狼狽樣，陳謙宇忍不住笑了起來，繼續往前鑽。

撥開最後一層樹叢，松樹下有道粉嫩的身影蹲在那兒，身邊散著許多玩具，看起來很自得其樂的模樣，只是走近一聽，這才發現她在哭。

「……不、不可以哭……嗚……麻、麻伊媽咪在忙，要乖乖的……」

她的聲音軟軟的、細細的，抽抽噎噎地一遍遍重複著一樣的話，像是要說服自己一樣，只是鼻音越來越重，眼淚啪噠啪噠的落下，越講越難過。

像是在讓自己分開心神，她拿起地上一個又一個的玩具，卻怎麼也抓不好，散了那個、掉了這個的。

陳謙宇躲在一旁看著，有點想笑她的笨，卻又覺得哭得滿臉淚痕的她有點可憐。

他記得她，生日那時見過，是媽媽朋友的小。

，那時候還送了把糖果給他當禮物……可是，為什麼媽媽朋友的孩子會出現在韓叔叔的家裡？

小小的手從一地的玩具抓起了竹蜻蜓，拿在手上左瞧右瞧地像是研究著該怎麼玩；終於，兩手一搓一轉，竹蜻蜓搖搖晃晃地飛了一小段落下，止住了她的眼淚，跑上前撿起再轉，一遍又一遍——

她破涕而笑的臉映入他眼裡，愣住了他。

竹蜻蜓忽然飛得很高、很高，是仰脖也看不見的高度，嗖地沒入樹裡沒再落下，她原本笑開的臉蛋又黯淡了下來。

陳謙宇想，自己一定是瘋了，才會做出這個動作。

很不熟練地踩著樹枝，回想著禮的動作慢慢往上爬的他不停喃喃自語著，抬頭，那只竹蜻蜓卡在一段細細的分岔中，距離有點尷尬，感覺伸長手撥得到的距離，但是又不是很好平衡……

遲疑了一會兒，他還是拼了，踩著相對較為粗壯的樹枝，一手抓著旁邊以保持平衡，陳謙宇盡力朝竹蜻蜓卡著的方向伸長身子，一開始他是打著就算抓不到把它撥下去也好的念頭去行動的，可是那種差一點點就抓到的感覺把這念頭給擠了下去，猛力往前一伸，抓到了，樹枝也斷了。

「啊——」下墜的速度太快，慘叫聲才剛出口就沒了頂，陳謙宇失去意識前的最後一個念頭就是——果然不是每個人都適合走衝動這路線的。

他做了個很有真實感的夢。

好像自己沒有摔下樹撞到腦袋一樣，從落葉堆中站了起來，拍了拍塵土便繞過樹幹朝另一頭的她走去——

這種感覺滿奇怪的，就覺得自己現在像是在自己的身體裡看著自己行動的旁觀者一樣，沒有實感。

他看著自己遞了把糖果給她，這時候好像這把糖果到底從何而來的已經不是最重要的部份了，陪著她說話、哄她開心、陪著她玩……可是究竟說了什麼我卻聽不清楚……

後來他們玩著捉迷藏，看著東張西望的她愣是沒發現頭頂上的自己，直到掰斷樹枝的細碎聲響響起，她抬頭發現了，笑開了臉。

陳謙宇想起之前自己才在笑說禮怎麼會看著一個女生看傻了眼，這一刻他才知道，真的有這可能存在的，因為——

他不但看傻了，還倒栽蔥摔下去。

「宇宇、宇宇！」

雖然是摔在落葉堆裡沒有太大損傷，可是還是會痛的，掙扎著睜開眼睛時，她那張好不容易笑開的臉又滿是眼淚，蹲在我旁邊一直搖著。

「別哭了，我沒事。」

撐著有些疼痛的身子坐了起來，他安慰著這個明明比他大卻哭得像個娃娃的小姊姊，現在很有實感了，終於可以跟她實際接觸了。

遠遠傳來父親的聲音，透過樹葉這才發現天色漸漸晚了，看著還有在抽噎的她，陳謙宇跟她作了約定，改天再來陪她玩。

所以，後來他很頻繁的跟著父親來拜訪韓叔叔，跟她的約定變成了好多個改天，甚至還加入了禮。

那時候，還不懂為什麼總是遇到她一個人。

後來才知道她並不住在那兒，而是跟著領養她的人前來的。

「……本來我都會哭，因為一個人好恐怖，麻伊媽咪就不會把我一個人放在旁邊，可是我知道她很忙啊，所以那天我就跟麻伊媽咪說有人會陪我玩，不要擔心，可是自己一個人待在這裡還是好恐怖，然後你就出現了……」

她叨叨絮絮地說起那天的過程給禮聽，因為禮老愛扯她的辮子，所以她就告訴禮那天的他對她有多溫柔。

看著氣呼呼的禮，陳謙宇忽然發現到什麼，也悄悄扼殺了什麼……

直到某一天，他跟禮來到了樹下卻從此沒再遇見她，恍然才發現一起玩了這麼久卻都沒留過彼此的聯絡方式，就這樣斷了聯繫。

「宇，你覺得那時候我們懂了的感覺跟現在是一樣的嗎？」

那天在學校，久違的遇見她，她的一臉陌生，讓回家後的禮摔了一地的東西發洩著脾氣，然後癱躺在一地狼藉中這樣問著他。

「一樣的吧，這種事懂了就是懂了，與年齡無關。」他笑了笑，視線卻是盯著床頭櫃的方向。

那裡，有個秘密。

「你……」禮忽然欲言又止的。

「再一次遇見，要把握好別再錯過了。」

陳謙宇截斷他可能出口的話語。

雙胞胎的默契，讓他們很多時候不用言語就可以瞭解彼此想表達什麼。

「……可是我不會追女生。」

禮定定看著他，像是在確認什麼，忽然匆匆別開臉，耳際有詭異的紅。

「需要我幫你出主意嗎？」

陳謙宇笑了出來，放棄有時候並不一定只會感到難過。

比起他，他想一直單純不變的禮會是比較適合她的。

而那秘密，就讓它只是秘密好了。

磨蹭著手中的竹蜻蜓，那個讓他摔下去而開始跟她有交集的竹蜻蜓，折斷的葉片上有重新修補的接痕，他一直沒有還給她過。

那個曾經飛上天的竹蜻蜓，盛載個一個秘密。

她應該不記得了吧，那天倒栽蔥摔下來的他，左頰上有塊擦破皮的微紅，而她作了個動作——

「呼呼……痛痛飛走囉……」

那時候，她輕印在傷口邊的唇瓣，童言童語的魔法，如果說那時候的笑臉是一個個開始的訊號，這個動作，就是確定的關鍵。

而它，會一直是他收藏著的小秘密，不重要的小秘密。

完

瓷畫框

「梅音，小豆豆他們寄信來了。」

推開木門，閃過左邊迎頭咬來的食人草，揮開右邊襲來粗如樹幹的藤蔓，拍散直面灑落的磷粉，紳不改臉上笑意地一一化解開梅音屋內的障礙，進到最裡面的小房間。

那抹紅影正專注地調配著手中瓶罐的比例。

而他驟然的出聲，嚇得她手一晃，小瓶裡原本澄澈漂亮的顏色瞬間污濁、冒煙，然後炸開。

他迅速地撈過她閃去炸開的波及，然後當胸被重搥了一下。

「王八蛋！我就差最後一個步驟就完成了你又毀掉！」

「親愛的，跟妳說了毒藥對我沒用了……」

紳笑笑地，完全不介意有人拿他當沙包搥著發洩的舉動。

要不要提醒她呢？早在很久很久之前，他們剛認識不久，她就給他吃下了百毒不侵的藥草，好像是因為他摸了什麼一下暈倒了，她以為自己身上帶的草藥會傷害到他，所以死命從家主那兒挖來的珍品……

要跟她承認嗎？其實他只是太累一時暈眩而已……

還是不要好了，瞧她這樣又怕他中毒又想毒死他的彆扭多可愛。

「我就不信毒不死你，哼！」

梅音用力地別開頭，又想起他剛才進門講的話，「你說小豆豆他們來消息了？爵不是所有的法力都拿去交換更改小豆豆命運，連他自個兒都變平凡人了不是？」

「是呀……」

紳不動聲色地看著轉回頭的梅音，放任她在自己身上亂蹭的舉動。

這麼多年了，她的習慣動作依然沒變，他也不想提醒她，不然她一個害羞又鬧脾氣了。

「那怎麼會有辦法跟我們聯絡？」

梅音仰起了頭，粉嫩的紅唇在他眼前開闔著發問。

讓他的注意力完全不在她的問題上。

「嗯……命運織者意外的很俏皮呀……」紳喃喃低語著，低頭吻住她。

「嗚——」你又偷襲我！

梅音瞪大的雙眼裡寫著控訴，氣呼呼的就想推開他。

紳的眼珠子滾了滾，吻得更深，把她腦袋裡其他的念頭全逼走。

接吻要專心，接下來的事情也要專心——

終於等到梅音想起了未完的話題，已經是很久很久之後的事情了。

「畫框？」

整個「吃飽喝足」的紳，勾過一早收到的包裹，遞給了梅音。

包裹內只有一個用泡綿紙層層包裹的瓷製畫框。

「這就是他們跟我們聯絡的訊息?」梅音拆去泡綿紙,滿臉納悶地翻看著空無一物的畫框。

「噓……安靜看!」

紳神秘地眨眨眼,示意要她注意看著畫框內。

原本空無一物的框中忽然冒出絲線,像是有人在操縱一樣飛快的起落,最後拼成了一幅繡畫。

畫上是單習郁抱著尾巴,尾巴撲咬著爵的畫面。

「就這樣?」梅音有些狀況外,還是不懂為什麼這個就代表他們可以聯絡上?

然後,她依稀還記得紳說了命運織者意外的調皮……

「咳、嗯——織者,看來我家這位慧根不大夠,您還是親自解釋好了。」紳敲了敲畫框。

只見畫上的絲線突然糾結成團,然後,浮出了一張蒙著黑紗的腦袋。

「咳咳,簡單的說就是,爵的法力其實沒有完全消失,只是,偶爾才能用這樣。」

黑紗蓋去了大半臉蛋,但梅音很清楚可以感覺得到,祂笑得很尷尬。

「那你不是說,他沒了法力必須要等小豆豆找到他才可以……」

梅音回想著那時候被爵揪著的織者,跟他們說的條件……

「呃——所以我才會到你們這兒嘛……」

半浮出的腦袋又往下沉了點，只剩下頭頂跟他們面對。

梅音不懂地看了看紳。

紳悶笑著指了指畫框的一角，那兒缺了一小塊，像是撞了個凹洞。

「這傢伙貪玩，躲在那邊想要抓爵的小辮子，結果被爵發現他耍他，就被扔到箱子裡寄過來了。」紳在梅音頰上偷了個吻，幫她解答。

「我只是好奇嘛……而且皆大歡喜啊！讓我偷看一下又不會怎樣……」

畫裡埋著的腦袋動了動，起了絲絲波紋。

「嗯——但因為你偷看又隱瞞，讓某人被氣炸的小豆豆弄了一個禮拜的泡麵當三餐！他很火大，而且晚上還抱不到小豆豆睡覺。」

紳的長指叩叩框邊，裡頭的線條又一陣晃。

「明明是他很笨，被問問題的時候我打PASS他還聽不懂，我就說的大聲了一點嚇到那個小豆豆了嘛！誰知道她就跑掉，然後就被叫過去……」

抱怨的同時，畫框裡的絲線開始重新組合著顯現出那時的畫面——

「怎、怎麼有聲音？」

無聊當有趣的飯後消遣，小豆豆一連問了好幾個像是她屋子裡的家具是哪個牌子的、什麼顏色的這種無聊問題，看爵很苦惱的表情，小小地滿足了一下她的優越感。

然而，就在她考到關於她那張床的品牌跟型號，而爵抱著頭想老半天想不起來時，她忽然聽到旁邊有細微的聲音。

循著聲源她轉頭，矮櫃上不知道什麼時候多了個她沒看過的畫框，只有框架沒有內容。幻覺嗎？

才轉回頭沒多久，她又聽到了聲音，這次，比上一回更大聲了一些！

當第三次聲音出現的時候，小豆豆很緩慢、很緩慢地轉頭。

這次正好捕捉到了發聲講了一半的……畫框？

「啊——有鬼啊！」

一個會講話，中間還會冒出嘴巴的畫框整個嚇壞她了！

她蹭地一個箭步衝進浴室，死關著門不肯出來。

爵被她突來的動作給愣了下，轉頭看著那個畫框，瞇了瞇眼，「織者！你怎麼會在這裡！」

「啊，露餡了。」

畫框中央很配合地排出了汗滴的圖案，緩緩飄起準備往外頭閃，被爵一個手指給勾了過來——

而這幕，被聽到外面沒有聲響正好開門打探的小豆豆給瞧個正著，然後，有人就炸了。

「你騙我！」

「……你們看，我多無辜。」

線段又重新融成一團，覆著黑紗的臉蛋緩緩浮現。

「咳嗯——你偷看了不少，對吧，不如來物盡其用一下？」

紳忽然笑得很壞心，又叩叩外框，不懷好意。

就這樣一個月後，某個包裹寄到了小豆豆家。

看那個大小爵就隱約有股不祥的感覺，正想阻止小豆豆拆開要退回，怎奈有人手腳太俐落，已經撕開最後一層泡綿紙了——瓷製而毫無內容的畫框躺在其中，缺了兩個角。

其中一個看起來……很新、很新、非常的新，就像是不久前才剛敲出來的一樣……

完

情人節

重逢後，兩人一起度過的第一個情人節當天，單習郁很悲慘地被傳染了感冒，縮在被窩裡哼哼唉唉的，軟綿綿的毫無力氣。

看到這樣的某某人，爵大神很難得的自動自發說要幫忙她整理家裡，外加煮情人節大餐給她吃。

對的，他們本來說好整理完家裡要一起去吃大餐，但單習郁感冒，訂好的大餐也就泡湯了。

以往總以神力解決一切的爵，在她正警告下開始學習一個正常人。

而所謂正常人的打掃步驟，當然是親力親為——才怪。

邊揮舞著手指，遙控著拖把抹布還有角落堆疊的紙箱，爵一邊偷瞧著床上的單習郁，避免被她發現自己的神力其實還在。

說也奇怪，從他們再次遇見後他的能力對她似乎有了人類所說的什麼……抵抗力，時靈時不靈的，再加上每次他用了能力某某人總會很不開心，所以，他就乾脆裝沒了力量……不過，還騙到某人主動給他抱抱。

想到這邊，爵忍不住呵呵傻笑著，一時忘了手上動作。

而後，悲劇就發生了——

只見拖把轉著、轉著，打到了一隻飛到一半（？）的瓦楞紙箱，戳破了箱底。

裡頭的東西全掉了出來，發出了好大的聲響，嚇得爵趕緊探頭——

確認了單習郁還在昏睡，沒有被這騷動吵醒，他趕緊上前撿起散落一地的東西。

忽然，他瞥見一本半開的筆記本。

撿起來後，發現居然是小豆豆的日記。

某年某月某日　晴。

爵不見了，那個騙子王八蛋，怎麼可以說來就來說不見就不見，我都習慣了家裡有他的存在了耶……

奇怪，之前老是覺得他霸佔我的床很變態，可是少了他，怎麼覺得被子都不暖了……

這頁，是她醒來的那天寫下的簡短日記。

唰唰翻過幾頁，還是差不多長短的篇幅，紀錄著他不在這兒的時候她的心情。

很好，他現在知道為什麼小豆豆遲遲找不到他，他也感應不到小豆豆的原因了……爵的視線停在某頁，那天的小豆豆日記寫著她打破了放在窗台的盆栽，那是她好不容易找到的一個，之前抓狂掃落的陶器中還完好的，最後還是碎了。

屁！那次小豆豆掃掉的碎片他算過了，全碎了哪來的僅剩的一個，分明就是有人刻意搗蛋。

紳那傢伙向來都是很賊的，如果他要藏一個人，除非他自個兒留尾巴給你抓，不然想要找可是難上加難！

這點，奉命來尋找他的爵有著深刻體會。

「紳你這傢伙好樣的，我哪天不回敬你我跟你姓。」

冷哼了哼，他的手指又翻過一頁，日期跳了好幾個，落在他們相遇後的某天。

奇怪，他怎麼都沒印象小豆豆有寫日記的時候？

某年某月某日　多雲轉晴。

爵回來了。

可是真的是他嗎？我有時候好懷疑，可是要怎麼確認？

因為有時候的爵好溫柔，跟原本那個跩得二五八萬的完全不一樣……

看到這邊的爵眼角忍不住一抽，小豆豆這話是只對她太好她反而不習慣啊？

這種感覺好難形容，明明不在的時候我好想、好想他，可是真的他在我面前了我又什麼都說不出來，也不想承認喜歡他……好像承認了就是我輸了。

可是，又好想知道，我們算什麼呢？

麻麻說，不然就趁情人節威能告白吧，或者直接撲倒也沒關係。

真的可以嗎？

爵微微愣了下，這下總算知道為什麼今早某某人發燒了卻死都不講，也不肯給他取消定位。

放回日記，幾個手指擺動把混亂歸了位，爵走到床邊，整個人縮在被窩裡只剩一張臉蛋可以覷見的單習郁，兩頰浮著還未退燒的紅暈，睡得有些不安穩，眉頭緊緊皺著。

「奇怪呀小豆豆，我記得剛見面的妳可是很大膽的，連神都敢甩窗戶都敢打耶，怎麼變這麼膽小……」

指尖輕輕揉開她眉間的皺摺，爵低聲在她耳邊呢喃著：「只要妳問喔，什麼我都會回答，只要妳要求，妳想要的我都答應妳。」

好吧，他承認他很壞，下了暗示。

單習郁有些茫然，早上她還在燒得天昏地暗不知道今夕何年，怎麼一覺睡醒就好了？

而且，她總覺得她有什麼話好想、好想講……

「爵？」她翻身下床，屋裡莫名的安靜，好像少了什麼？

爵人呢？

前後找不到那抹身影，那次的記憶又湧了上來，單習郁呆呆站在屋內，明明燈亮著，暖氣開著，為什麼她覺得好黑、好冷？

小豆豆，如果妳會想到我，那麼，我就一定找得到妳，只要妳想要我出現，我就會出現。

眼淚滑落眼眶的冰涼稍稍拉回她的注意，沒由來的她想起這麼一句話。

可是爵你都騙我，我明明都有想到你，但你還是不見了啊，而且你哪有我一想你就出現……

扁著嘴站起身，單習郁下意識地走到窗邊想透氣，推開——

「笨蛋小豆豆，我這不就出現了。」

窗外，半裸美男揚著微笑，看著哭紅鼻頭的她，勾了勾手指，「過來。」

單習郁深吸了口氣，撲了上去，沒意料到她真的這麼乖撲上來的爵差點倒栽蔥。

「欸！妳玩真的啊！」

「王八蛋！」

「好好好，我王八蛋，跟妳這個笨蛋剛好配一對。」

「不要隨便不見啦……」胸口傳來溼意，情緒鬆懈下來的她又哭了。

「可是，我已經沒有要找新娘，紳也回去了，這樣我就沒有留下來的條件了耶……」

輕拍了拍她的腦袋，爵露出好困擾的表情。

「不可以，你要留下來陪我！」聽出他可能有要離開的意思，單習郁把他摟得更緊了。

「但，我要以什麼身分留下來呢？」一點一滴地，某人正在收網。

「我……」單習郁忽然一愣，也忘了正在哭，臉蛋開始燒了起來。

只要妳問，什麼我都會回答，只要妳要求，妳想要的我都答應妳。

腦袋嗡嗡地響起了這句話，然後單習郁聽見自己說：

「我要你當我的男朋友。」

「好。」

夜半，某人悄悄從溫暖的懷抱中掙開，跑到角落的紙箱摸啊摸的，然後鬼鬼祟祟地閃進浴室。

床鋪上的爵撐起了身子，好整以暇地望著浴室門縫透出的黃光，笑咪咪的。

喔……原來都是這樣子寫日記的。

根據他之前啃的參考書（小豆豆書架上的言情小說）要取得「合法」身分睡在一起，這樣如果有什麼意外發生講話才有底氣，現在身分有了，就是下個步驟……

門把轉動的聲音響起，爵趕緊躺了回去，偷瞇著眼看著單習郁悄悄把日記塞回紙箱，然後鑽回被窩，微涼的肌膚貼上他的瞬間刺了下，她蹭了蹭，找到了最習慣的位置。

「小豆豆。」爵忽然開口，感覺懷抱裡的她抖了下。「呃，你也醒囉？」

欸……他應該沒看見自己剛剛的動作吧……應該。

「嗯……因為我想到有句很重要的話沒有說，而且一定要在今天過完之前說。」

十一點五十九分，再一分鐘這屬於情人的節日就要過去了。

「我愛妳，情人節快樂。」

近似呢喃的低語，漸漸消失在兩人貼合的唇瓣裡，被爵的話和動作嚇到的單習郁瞪大了雙眼，驚嚇只是一下子的事情。

某年某月某日　晴。

我說出口了！

可是，找個神當男友，不知道韓習禹會不會被嚇到欸？應該不至於吧，我都可以接受了……

但是，為什麼我覺得怪怪的，突然就有勇氣說出口了耶……

不過有句話我還是沒有膽子說就是了。

寫在日記應該可以吧，等到哪天我敢說了再告訴他！

「爵，我愛你，情人節快樂。」

笨蛋小豆豆，又忘了他會讀心嗎？

不過還是想聽她親口說那句話。

現在不敢沒關係，他是很有耐心的。

完

賀新郎

「會覺得可惜嗎？不能親眼見證她的幸福。」

韓習禹沒意想到會夢到麻伊。

正確說法是，麻伊跟一個男生。

「會是會……不過知道結果會是幸福的，那就好了……我反而比較擔心禹。」

沙沙聲中，他聽見麻伊提到自己的名字，神智一陣茫然，還想探求更多的資訊卻發現自己已然驚醒。

早上七點四十分，他的眼皮不知道為什麼跳個不停。

『習、習禹……是哥嗎？』

旁邊的話筒響起。

韓習禹順手拿起話筒，卻沒有先出聲，對面頓了下才有些不好意思地開口，是小豆豆。

『怎麼了？』他對於她的來電，有些納悶。

小豆豆其實不太常主動聯絡他，可能還是有些彆扭吧……她是這樣，他也是。

尤其是不久前，他想說去探望探望正在攻讀研究所準備畢業論文的她，在大樓樓下遇到一對吻的忘我的情侶檔，本來還在腹誹著怎麼有人這麼大庭廣眾放閃有礙觀瞻？定神一看才發現，居然是他們家小豆豆……

她身邊的男生他知道，是個叫做陳謙爵的傢伙，據說是陳家兄弟檔的親戚，怎麼跟小豆豆認識的過程她死不肯說，總之，他們從小豆豆高三開始交往至今，咳嗯，這是明面的，從他們熟悉程度來看，搞不好不止……

而且現在好像同居中啊！他們——

韓習禹在想，他到底該拿這個又像哥哥又像爸爸的彆扭情緒怎麼辦好……

『我、我今天想請、請你過來吃、吃頓飯，然後、然後……』

話筒那端的小豆豆似乎很緊張，這種緊張感怎麼這麼熟悉——

就好像當年他跟麻伊交往要跟唐爸爸、唐媽媽正式吃飯一樣。

不知道電話那端的糾結，單習郁用力推開身旁纏膩的某人，還要保持不要發出太多怪聲。

「走、走開啦，我在跟韓習禹講電話你不、不要偷咬我！」

漲紅著臉，單習郁一手拿電話一手抓被單，腳還要拼命隔開巴上來的爵，她好忙。

「我肚子餓……」

十分崇尚「自然」的爵光裸著上半身，隱沒在被單中的部分……當然是空的，此刻的他微仰著臉，膩在她身邊，繼續他的搗蛋大業。

「自己去翻冰箱啊……」

「不是那個餓……」

「走開不要吵啦！」

繼續用氣音跟爵對話。

話筒那端的沉默讓單習郁有些不安。

習禹會拒絕嗎？

『我、我有點事情想要跟你說，所以，晚上可以過來嗎？』

清了清喉嚨，她屏著氣息等著他的回音。

『好。』

門鈴響起，單習郁舉腳踹旁邊的某人去開門。

爵不甘心地偷啃了口，得到她雙眼快噴火的瞪視後這才慢慢吞吞地晃去開門，隔著門框，兩個男人對視著，詭異的沉默。

這種感覺非常奇妙，他們一直都知道彼此的存在，卻鮮少有接觸。

「陳謙爵？」

「你好。」

很乾的相互打完招呼，兩個繼續相望沉默。

「見到你我才想到，有個故人要我傳達一件事。」

對望中韓習禹不知道為什麼聽見一道聲音，但對面的爵壓根沒開口，他的臉上忍不住浮現納悶。

「不用看啦，是我在跟你講話沒錯，只是不方便給小豆豆聽到，為什麼會這樣也不用太計較，忘掉的就忘掉就不要管了。」
聲音持續在腦袋想起，很莫名的，他就這麼接受了有個人會跟他不開口就能直接溝通這件事……
「她，應該是叫唐麻伊吧，我是代替人家轉述的，她說希望你能放開手，繼續往前走，這樣才能找到你的幸福。」
韓習禹頓了頓，腦袋一片空白。

小豆豆邀他來，的確是他所想的那個原因，看著他們鬥嘴、打鬧，還有彼此間濃郁的親密，是那麼熟悉，熟悉得讓他有些心痛……
如果妳還在，肯定會笑我吧……
那天的夢見似乎只是個錯覺，小豆豆的男友總讓他覺得怪，又陌生又熟悉，但他想不出個所以然，甚至他可以跟他直接在心裡對話——
不過這些也不重要了，重要的是，他對小豆豆好，他會帶給小豆豆幸福。
小教堂裡簡單的婚禮，與會的只有幾個親近的好友：他、麻麻，陳家兄弟他們一家人，還有兩個據說是陳謙爵的朋友，特地遠從外地趕回來參加……
「……我什麼時候多個堂哥我怎麼不知道？」
「好問題，但是我們舉不出他不是堂哥的證據。」
「……有這麼半調子的捏造身分嗎？」

陳謙宇、陳謙禮經過時的對話傳入耳裡，原來覺得古怪的不只他一個，但同樣的是，他們知道哪裡怪，又說不出個所以然。

總之就是接受了。

「韓先生，可以準備就位囉！」

新娘秘書打開了門對著他喊著，回過神來的韓習禹在門前站定，作為小豆豆的唯一的親人，今天這個重要日子，他將要牽著她，把給她幸福的權利移轉到另一個人手中。

門開啟後，一身白紗的小豆豆站在那兒，瑪利亞頭紗下臉蛋粉撲撲的透著羞澀，握著捧花的指尖顫抖，她的緊張多麼明顯。

「小豆豆，妳今天很漂亮，放輕鬆點，別把口紅都咬掉了。」他走上前，跟她微抬起的視線對上，輕輕捏了捏她的臉頰讓她鬆口。

怎麼這麼的快，當年縮在麻伊身後的小小人兒轉變成漂亮的大女孩，現在更要嫁作人婦了……

「我想讓麻伊媽咪知道我很幸福——」

這是那天，小豆豆跟他說自己要和陳謙爵結婚時的其中一句話，因為這樣，在第一排的座椅上，放著一個相框，框裡巧笑倩兮的人，不該在這個重要日子缺席。

將她的手交付到他手中，在相框旁坐下的韓習禹指尖輕輕碰了碰框內的照片，笑容裡隱約帶了淚光。

妳看到了嗎，小豆豆很幸福。

「我要拋捧花了喔！」興奮地揮揮手上的捧花，對著後方與會的眾人喊著，單習郁跟身旁的爵不知道為什麼換了個微妙的笑容，爵抱著她的腰將她舉起，捧花往後高高拋起，直直砸向韓習禹——

被捧花打昏，會不會顯得很蠢？

在疼痛暈眩中醒來的韓習禹揉著前額，無奈地想著，忍不住笑出聲。

「呀，你醒啦？那我可以下班了。」

布簾被拉了開來，探入一張留著俏麗短髮的臉蛋，看得他瞬間怔然。

「麻伊？」其實她們完全不像，但不知道為什麼，他看見她的第一眼，就是有這種強烈的感覺。

「嗯？你怎麼知道我名字？啊，是名牌嗎？」她愣了愣，恍然大悟地扯了扯胸口的小牌子。「我之前也是摔了一跤，昏了好久，清醒過來常常會忘記很多事情，所以都要帶著提醒……不知道為什麼欸，剛剛看到你昏倒被送過來，我覺得你好眼熟，可是我們應該沒有見過啊，我上禮拜才清醒出院的……」

她嘀嘀咕咕地唸著，他愣愣看著，不知道為什麼忽然好想、好想哭。

是妳嗎？

上週，是他夢見麻伊、是小豆豆告訴他要辦個簡單的小婚禮，是他聽見小豆豆那個古怪男友告訴他「希望你能放開手，繼續往前走，這樣才能找到你的幸福」……

「啊，抱歉，我醒來以後就有這種小毛病，會自己唸個不停。我叫祇堂麻伊，是那個證婚神父的女兒啦，嘿嘿，領養的。」她對著他笑了笑，伸出的手在腕上有塊小小印記，他望著，眼淚再也忍不住滑下——

嘿嘿，你看我的胎記，很特別的形狀吧，我想啊，如果有機會我們可以再相遇，我一定會努力留住這個印記，讓你一下子就可以找到我……

「欸欸，你不要哭啊，被捧花打暈沒有那麼丟臉啦，我還是因為踩到香蕉皮才滑倒撞到頭的，這個比較丟臉好不好——」

「抱歉。」她的慌亂反而平靜了他，韓習禹揉去眼角激動的淚水，握住她的。

「我叫韓習禹。」

聽見他的名字時，她不知道為什麼，也突然落下了眼淚。

「有沒有覺得我好偉大！」摟著今天正式成為他的新娘的小豆豆，爵很得意地邀起功來。

「什麼東西好偉大？」用力推了推不知道為什麼越變越纏人的爵，單習郁不懂這傢伙最近怎麼越來越把她當抱枕的感覺，還走到哪兒抱到哪兒。

「我跟上頭做了個交換。」一個翻轉，他把懷中的她改成面對面抱著，笑咪咪地對她說了自己做的事——

「我用我的能力，換一個重新的機會。」

「……聽不懂。」眼睛眨巴眨巴，單習郁對他神神秘秘的樣子完全不能理解。

「就妳最近很愛看的原創小說啊，重生什麼什麼的……」爵說著，看她一臉茫然樣，有些惱怒地往她唇上一咬。「算了，改天妳就知道了啦！」

「啊？話說清楚啦不要說一半……等、等下，不准撕我睡衣、不准爆燈泡，你不是說用能力交換什麼了——」

天黑了、燈「關」了，他們的新婚夜才正要開始。

而關於爵那個語焉不詳的邀功背後的答案，單習郁在一個多月後才真的得到解答，就在她跟爵去逛街時遇見了同樣外出的韓習禹跟……

這次，我要改口叫妳大嫂了，麻伊媽咪。

完

竹日白 著
白冬 繪

我不是英雄！！
就算人們歌頌我的天才，為我歡呼……
我始終認為，不該踏進那個世界——

與現實平行的世界，盛行著劍和魔法及新興起的科技。
為了避免重複歷史曾經上演的悲劇，冬司決定與卡絲娥合作，與流馬共同接受針對有關魔法使的特訓，同時，也一方面透過維爾的敘述，希望更了解另一個世界演化的歷史。

然而，夏洛克的遊戲依舊如鬼魅般纏繞著每個被扯進來的人，夏洛克的真正意圖依舊成謎，而魔法生物間死鬥的宿命，正在看不見的角落不斷地上演……戰火，正一步一步燒向冬司三人短暫、和平的寧靜……

三日月書版

輕世代
FW009

鶴求你這老不死的現在是怎樣啊啊啊啊——

才正要展開青春高中生的生活，胡離姬的過敏體質卻突然惡化，而驅妖體質的沈霽也在學校對有妖怪血統的同學做出攻擊行為，校醫為了恢復他們的正常校園生活，決定冒險讓他們過去「那一邊」找神醫鶴求。

可……那位童顏老頭開口的第一件事，是要兩人到山上採仙草，他們是只有半妖血統的人類小孩啊！為什麼要在「這一邊」跑給三腳牛群追！

就算他幫我老媽產檢還讓她轉生為人，
但這還是不能阻止我罵他老不死的因為景山它X的好可怕呀——
大受好評的番外篇！離姬的爸爸與媽媽相愛相殺番外篇火熱連載中！

四、注意事項：

★ 投稿者之作品須有完整版權，繁簡體實體書出版權及電子書版權。
★ 請勿一稿多投。
★ 投稿作品如有涉及抄襲、剽竊等情事・無條件立即終止合約並針對出版社損害於予追究。

【輕小說畫者募集中】

三日月書版徵求各種不同風格的畫者，請踴躍提供參考作品及聯絡方式，審核通過後我們將與立即與您聯絡。

一、投稿插圖檔案格式：

★ 投稿格式。
1. jpg檔案，解析度72dpi，圖片大小像素800X600。(請勿過大或者太小)
2. 來稿附件請至少具備五張彩稿及三張黑白稿或Q版圖片
3. 請投電子稿件，不收手繪原稿。
4. 請在電子郵件中以「附加檔案」的方式將作品寄送過來，切勿使用網址連結。
5. 投稿作品請使用不同構圖之作品，黑白部分請勿僅以同樣彩色構圖轉灰階投稿，來稿請以近期作品為佳，整體構圖需有完整背景與主題人物。

二、投稿信箱： **mikazuki@gobooks.com.tw**

★ 電子郵件標題：「繪圖投稿：(筆名)」。
★ 真實姓名、聯絡信箱、電話及畫者的個人基本資料，若無完整資料，恕不受理。
★ 收到投稿後，編輯會回覆一封小短信告知，如3天內未收到編輯的回覆，請再進行確認唷。
★ **審稿期為7個工作天。**

三日月書輕小徵稿

你喜歡輕小說，光看不過癮還想投筆振書嗎？
你自認是有才又多產的寫作高手，卻一年又一年錯過多到讓人眼花的新人大賞資訊，
找不到發揮的空間跟管道嗎?
沒關係，不用再搥胸頓足、含淚咬手巾地等到下一年

三日月書版輕小說，常態性徵稿活動即日開始囉！

【輕小說稿件募集中】

一、徵稿內容：

★ 以中文撰寫, 符合輕小說定義之原創長篇輕小說。

★ 撰稿：題材與背景設定不拘, 以冒險、奇幻、幻想、浪漫青春、懸疑推理等風格為主, 文風以「輕鬆、有趣、創意」, 避免過度「沉重、血腥、暴力、情色及悲劇走向」的描寫。主角請勿含BL相關設定, 配角為耽美BL設定請視劇情需要盡量輕描淡寫帶過。

★ 字數限制：每單冊7萬字～7萬五千字(計算方式以Word工具統計字數為主, 含標點符號不含空白為準。)
稿件已完成之長篇作品, 請投稿至少前三冊, 並附上800字左右劇情大綱及人物設定, 以供參考。
未完成創作中稿件, 投稿字數最少為14萬字, 並附800字劇情大綱及人物簡介。

★ 投稿格式：僅收電子稿, 不收列印之實體稿件。

★ 一律使用.doc(WORD格式)附加檔案方式以E-mail投遞。且不接受.txt、.rtf等格式稿件, 與直接貼於信件內的投稿作品。請將檔案整理為一個word檔投稿, 勿將章節分成數個檔案投稿。

二、來稿請附：

★ 真實姓名、聯絡信箱、電話及作者的個人基本資料、個人簡介、800字故事大綱、人物設定, 以上皆請提供word檔, 若無完整資料, 恕不受理。

三、投稿信箱：**mikazuki@gobooks.com.tw**

★ 標題請注明投稿三日月書版輕小說、書名、作者名或作者筆名。

★ 收到投稿後, 編輯會回覆一封小短信告知, 如3天內未收到編輯的回覆, 請再進行確認喲。

★ **審稿期為30個工作天**, 若通過審稿, 編輯部將以email回覆並洽談合作事宜。

高寶書版集團
gobooks.com.tw

輕世代 FW014
惡作劇戀人Ⅱ

作　　者　夜兒
繪　　者　妍希
編　　輯　王藝婷
排　　版　彭立瑋
美術編輯　陸聖欣
出　　版　英屬維京群島商高寶國際有限公司台灣分公司
　　　　　Global Group Holdings, Ltd.
地　　址　台北市內湖區洲子街88號3樓
網　　址　gobooks.com.tw
電　　話　(02) 27992788
電　　郵　readers@gobooks.com.tw（讀者服務部）
　　　　　pr@gobooks.com.tw（公關諮詢部）
傳　　真　出版部　(02) 27990909　行銷部 (02) 27993088
郵政劃撥　19394552
戶　　名　英屬維京群島商高寶國際有限公司台灣分公司
發　　行　希代多媒體書版股份有限公司/Printed in Taiwan
初版日期　2012年12月

國家圖書館出版品預行編目(CIP)資料

搖搖尾巴：惡作劇戀人Ⅱ / 夜兒著. -- 初版.
-- 臺北市：高寶國際, 2012.12-
冊；　公分. -- (輕世代；FW010)

ISBN 978-986-185-791-6(第2冊：平裝)

857.7　　　　101022847

三日月

三日月